ユキヒョウさんの宝石店
ふわふわカフェラテと祝福のアクアマリン

横田アサヒ

富士見L文庫

CONTENTS

プロローグ

ここはとある場所にある、とある宝石店『JEWELRY《ジュエリー》 LEO《レオ》』。

悩める者が行きつく、不思議な宝石店だ。

こぢんまりしたレンガ調の建物に、深い藍色で塗装された木製の扉が、落ち着いた雰囲気を醸し出している。

小さなショーウィンドウにはいくつかのアクセサリーと、クリスタルガラスでできた動物の置物が並んでいた。

そのショーウィンドウを掃除しているのは、一羽《わ》のペンギンだ。

白と黒のコントラストが美しいペンギンは、アデリーペンギンと呼ばれる種だ。黒いベストに黒い蝶《ちょう》ネクタイを締め、装着している片眼鏡がよく似合っている。

「坊ちゃま、そろそろ開店準備を進めた方がよろしいのでは？」

動物の置物を丁寧に拭きながら、ペンギンが背後に向かって声をかけた。

優しい照明に照らされた店内は古めかしいが、左右に並んだショーケースには色とりどりの宝石やアクセサリーが並んでおり、それぞれの個性と共に輝いている。

「うーん、もうちょっと。このスターサファイア、すっごくきれいなんだよ。ルチルシルクの含有量がちょうどいいからこそスター効果が出るんだから、まさに地球の神秘だよね」

ややや興奮したような少年の声が、店内に響いた。

ペンギンが手を止めて、ゆっくりと振り返る。

店の奥には一際大きいショーケースがあり、その裏側に大型のネコ科動物であるユキヒョウが後脚だけで器用に立っていた。

ペンギンと同じように黒いベストを着て、首元の赤い蝶ネクタイが彼の淡灰色の毛にはよく映えている。黒っぽい斑紋のある被毛は綿毛みたいに柔らかく、彼がまだ幼獣であることを表していた。碧《あお》く輝く瞳は、まるで夜空か宝石のように美しい。

「坊ちゃま」

「わかってるから。もう少しだけ」

ユキヒョウはそのもふもふした手で宝石鑑定用ルーペをしっかりと持ち、手袋をはめた反対側の手で押さえた宝石を覗《のぞ》き込んでいる。

彼の碧い瞳は楽しさからキラキラと輝きを放っていた。

「坊ちゃま。あと一分でお客様がいらっしゃいます。それまでに準備を終えられなければ、わかりますね？」

低く地を這《は》うようなペンギンの声に、ユキヒョウの肩がびくりと跳ね上がった。

サッと宝石を箱に仕舞い、ルーペを片付ける。

「ほら、もう片付けた！」

ごまかすようにしてユキヒョウがにっこり笑うと、ペンギンはため息をつきながら彼に近づいていった。

「何度も申しておりますが、JEWELRY　LEOの店主たるもの、心には常に余裕をお持ちください」

「じっちゃにも言われてたし、ちゃんと心に余裕は持っているよ。でもほら、こんなに魅力的な宝石たちがいたら、つい眺めたくなるってものでしょ」

バツが悪そうに少し耳を伏せ、長くもふもふした尻尾を両手で摑《つか》みながら、ユキヒョウは目の前に迫ってきたペンギンを見る。並んでみると背丈はペンギンよりも高いが、まだまだ小柄だ。

「いいえ、まだ足りていません。その証拠に……」

言いながら、少し背伸びをしたペンギンがユキヒョウの首元に両翼を伸ばした。

「タイが曲がっております。身だしなみの乱れは心の乱れと、お教えしているはずですが」

ペンギンに蝶ネクタイを直され、ユキヒョウは何か言い訳を探すかのように目を泳がせた。

「だいたい坊ちゃまは……」

「あ、ほら！　お客様が来た！」

そして最大の言い訳を扉の向こうに見つけて、ユキヒョウは背筋を伸ばす。

視線の先で木製の小窓付きドアが開き、ドアベルがチリンッと音を立てた。

「いらっしゃいませ。ようこそＪＥＷＥＬＲＹ　ＬＥＯへ」

入り口に向き直ったペンギンと共に、ユキヒョウは深々と頭を下げた。

一粒目　勇気と仁徳のルビー

「小野崎《おのざき》さん、悪いんだけど明後日《あさって》の会議の資料作りお願いできる？　ちょっと私、新規のクライアントの件でバタついてて」

小野崎玲奈《れいな》がそう職場の先輩に頼まれたのは、定時の一時間前だった。

多少悪いとは思っているものの断るはずがないよね、というような微妙な圧が感じられる言い方だ。

明後日の会議ということは、明日の午前中には先輩に確認をしてもらう必要がある。明日は朝から玲奈自身の会議が入っているため、やるなら今から取りかかるしかない。幸い、今急ぎの仕事は抱えていないから、やろうと思えばできる。

だけど、定時に上がれそうな今日こそ見ようと思っていた映画があった。水曜日は乗換駅のデパートでお得な総菜が並ぶのでそれを買って、とっておきのワインを開けて、おひとり様を満喫するつもりだった。

これまで何度も計画をしては残業になって頓挫していたので、今日こそはと思っていたのだ。

今日はできません、と言いたい。

けど、もし口にしたらきっと先輩は理由を聞いてくるだろうし、何より気分を悪くするはずだ。使えないとか、気が利かないとか、色々と思われてしまうかもしれない。

一瞬の躊躇《ためら》いを表に出さず、玲奈は笑顔を作った。

「わかりました。明日の午前に先輩に送れば大丈夫ですか？」

「うん、それで大丈夫。ありがとう！　じゃあ今から概要送るね」

先輩は満足そうに顔を綻ばせて、自分のデスクへと戻っていく。

その数分後、もしかしたら定時を少し過ぎるくらいで終わるかな、なんて考えがただの幻想だったと思い知らされた。

添付されていたファイルにはどのデータが必要か書かれている程度で、それを探すところから始めなくてはならない。仕上げるまでに、短くても三時間はかかるはずだ。

やっぱり、断ればよかった。

そんな考えが脳裏をかすめたが、よほどの理由でもない限り玲奈にはできなかっただろう。

玲奈は昔から、人から頼まれたことを嫌と言えない性格だ。断るより、自分が我慢して引き受けた方がずっと気が楽だった。断った時の相手の困ったような顔、不満そうな顔、信じられないというような顔、それらを見るのがすごく苦手なのだ。

自覚したのは、怒られたくないという気持ちが初めてだったような気がする。物心ついた頃には先生に叱られたり、誰か大人に怒られたりすることが苦手だった。そのあとで、人に嫌われたくないが加わった。

あまりにも根深く染みついていて、いつからなのかもう思い出せない。小学生の頃にはすでにそうだった気がするが、意識したのは中学生の頃からだ。

「小野崎さん、なんで断らないの？」

掃除当番を代わった玲奈に、クラスメイトはあきれた顔で尋ねてきた。

「だって、困ってそうだったから」

その時頼んできた子は弟のお迎えがあると言っていた。玲奈自身も妹がいて、小学生の頃は幼稚園まで何度か迎えに行ったので気持ちがわかった。

「あんなんウソに決まってるよ。なんかさ、そうやって人の頼みを断らないで、いい子ぶってんの？」

いい子ぶるという言葉が玲奈の心に刺さった。

「そんなつもりないし……ウソじゃないと思う」

「絶対ウソだって。小野崎さん、利用されてんだよ」

「……だとしてもあの子は帰りたかったんだから、それでいいよ」

「うわぁ、やっぱいい子ぶってる」

結局、何を言ってもそのクラスメイトには響かなかった。

翌日から一部の女子の態度が変わった。実際その時頼んできた子は嘘《うそ》をついていなかったことが判明しても、玲奈が誰かの頼みを引き受けるたびに、ヒソヒソと言われるようになったのだ。

いい子ぶっている、八方美人、ご機嫌取りなどなど、散々言われた。

こんなに言われるくらいなら変わりたいと思って、色んな努力をしてみた。

だけど結局、玲奈は高校でも、大学でも、就職してからも変わっていない。平凡で特に取り柄も魅力もない自分は、こうすることで人と繋《つな》がりをようやく保っている。

もし断って、誰にも相手にされなくなったらと考えると、どうしても断れなくなってしまう。一人になるのは怖いから、これが玲奈にとっての最善だ。

だけど時折、このままで本当にいいのか考えてしまう。

誰もいなくなったオフィスで、資料の最終確認を終えた玲奈は大きくため息をついた。

時計を見ると、もう二十時を回っている。

今からデパートのお総菜売り場に寄る元気などない。もちろん家に帰って自炊するような気力もない。

最寄り駅からの帰り道にあるコンビニで何か買おうと考え、立ち上がった。

会社から家までは三十分程度だ。この近さが同僚や上司たちに仕事を回される要因の一つなのかもしれない。毎度「小野崎さんは家近いもんね」と言われるのだから、多分間違いないだろう。

とはいえ、就職が決まってから住んでいる部屋は気に入っている。大きなターミナル駅で私鉄に乗り換えて三つ目の最寄り駅は、よくある住宅街だ。駅周辺に最低限の店は揃《そろ》っているし、マンションまでの道も明るい。

改札を出ると、十一月らしい冷たい風が頬を撫《な》でてくる。コンビニを目指して、玲奈は少し体を縮こまらせて足早に歩いた。

コンビニで適当にお弁当を手に取ってから、飲み物のコーナーへ足を運ぶ。普段は平日に缶チューハイを買うことはないが、今日はそういう気分だ。二缶くらいは飲まないと、とても気分を落ち着かせられない。飲みながら、実家から連れてきたホワイトタイガーのぬいぐるみに愚痴を聞いてもらうのが、玲奈にとってのストレス解消なのだ。

冬限定と書かれたリンゴの缶チューハイを購入し、家へ向かう。歩きなれた道は特に目新しさもない、と思っていた玲奈はふと足を止めた。

通り過ぎようとした路地で、何かがキラリと光ったような気がしたのだ。

近所なのに入ったことのない路地へ、視線を向ける。

再び地面の近くで何かが煌《きら》めいた。

見間違いではないことを確信して、玲奈はまるで吸い寄せられるようにして光る物に向かって歩き出す。街灯があるとはいえ、こんな夜にいったい何が光っているのだろう。

一歩一歩慎重に近づいていくと、それが立て看板であることがわかった。

黒い板に白いペンで『変わりたいあなたに、お預かり物がございます　JEWELRY LEO』と柔らかい字で書かれており、それを彩るように赤い宝石がいくつか貼り付けてある。もちろんプラスチックかガラスでできたイミテーションだとは思ったが、先ほど光って見えたのはこれなのかもしれない。

預かり物ということは、玲奈に関係あるわけがない。けれど『変わりたいあなた』という言葉から目が離せなかった。

顔を上げて店舗へ視線を向けてみる。

レンガ調の建物には、藍色に塗装された木枠の大きなショーウィンドウがあった。中には様々な宝石で作られたアクセサリーや、クリスタルガラスでできた動物の置物が並んでいる。どれも煌めいていて、いつまでも眺めていられそうだ。

横に視線をずらすと、木枠と同じ色で塗装された小窓付きドアが目に入る。

宝石店はブランドのチェーン店くらいしか入ったことがない。なんとなく個人店は入りづらいイメージがあったが、この『JEWELRY《ジュエリー》 LEO《レオ》』は何か違う。一見《いちげん》がふらりと立ち寄っても温かく迎えてくれそうな予感がするのだ。

自分の予感を信じて、玲奈は思い切ってドアノブに手をかけた。

チリンッとドアベルが鳴って、温かな空気が頬を撫でる。

足を踏み入れた店内は、柔らかい照明に照らされてどこか安心する雰囲気だ。古い板張りの床は丁寧に磨かれていて、ショーケースもその横に置かれている椅子も、歴史を感じさせる。全体的にアンティーク調にまとめられているからか、シャンデリアが吊《つ》るされていても、それが浮くこともなく、更に落ち着く雰囲気を感じさせた。

素敵な空間は、ここが宝石店ではなくカフェだと言われても納得してしまうかもしれない。

「いらっしゃいませ。ようこそJEWELRY　LEOへ」

店内を見まわしていた玲奈の耳に、少年の声が響いてきた。変声期前の透き通るような声は、宝石店に似つかわしくない。特に今は夜だ。

そんな声の主を探そうと店の奥へと目を向けた玲奈は、驚きで目を見開いた。

店の奥に一際大きいショーケースがあり、その裏側に大きな猫が立っている。丸みを帯びた耳に、まるで宝石のような碧《あお》い瞳をした猫が、後脚で立っている。

灰色っぽい毛に黒の斑紋のある被毛はとても柔らかそうで、まるで子猫のような毛並みだ。でも、目の前の猫は、そこらへんのおとなの猫よりもずっと大きい。

どこか動物園で見たことのある姿に、玲奈は考える。

ライオンでもトラでもチーターでもなく、ジャガーでも、ヒョウでも――とここまで考えて思い出した。確かユキヒョウと言う動物だったはずだ。名前で想像するよりは白ではなく灰色にちかい毛色で、まさに目の前の動物と同じだ。おとなのユキヒョウはもう少し大きいはずだから、目の前のは子ユキヒョウのぬいぐるみなのだろう。

そんなユキヒョウが黒いベストを着て、赤い蝶《ちょう》ネクタイを締めていた。当然ぬいぐるみだろうと思っていたが、その割には瞬《まばた》きをしているしヒゲも耳も動いている気がする。

「なにかお探しですか？」

再び少年の声がしたが、明らかに今ユキヒョウの口元が動いていた。

ユキヒョウが喋《しゃべ》った、そうとしか考えられない。

「あの、すみません、特に何かを探しているわけではないんです」

動揺したが、それでもなんとか言葉を紡ぎ出す。

そんな玲奈の不安を拭うかのように、ユキヒョウがふわりと微笑《ほほえ》んだ。愛らしい見た目がより一層愛らしく見えて、思わず頬が緩みそうになる。できることなら家にいるホワイトタイガーのぬいぐるみにするみたいに、抱きついて撫でまわしたい。

「どうぞ、ご自由にご覧ください」

「ありがとうございます……」

声にも姿にもまだ幼さの残るユキヒョウだが、その振る舞いはとても紳士的だ。この店の雰囲気ともよく合っている。

人間の言葉を話すユキヒョウなど、もちろん聞いたことがない。もしかして本当は家に帰って寝ているのだろうかと考えた。けれど握りしめたコンビニのビニール袋の感触やビニールがこすれ合う音、缶同士がぶつかって奏でる音は、夢にしてはあまりにも現実的すぎる。

正直なところまだ戸惑いはあるものの、せっかくなので玲奈はショーケースの中を覗《のぞ》いてみることにした。

「素敵……」

思わずそんな声が漏れる。

これまでアクセサリーと言えば、シンプルな指輪やネックレス程度しか身に着けたことはなかった。宝石にも興味がないので、知っているのはダイヤモンド、ルビー、サファイアなど、有名どころだけだ。

だけど今目の前にあるアクセサリーから目が離せない。

黒色の柔らかそうなベロア生地の上に、宝石をあつらえたアクセサリーが並べられている。大小様々な宝石は赤、青、緑、黄色と様々で、石だけでも個性的だ。そこに精巧な細工が加わり、宝石をより一層輝かせているように見えた。

指輪一つをとっても、どれもまるで違う。大きな石で一つだけ飾られた物や、大きな石と小さな石の組み合わせもあれば、小さな石だけが使われている物もある。同じ色の石でも大きさや形、それから指輪のデザインによって、全く見え方が違う。

「気になるものはございましたか？」

突然横から声がして、玲奈は思わず肩を跳ね上がらせた。

「すみません、驚かせてしまいましたか？」

振り向くと先ほどのユキヒョウが耳を伏せ気味にして、こちらを見上げている。先ほどまでは遠くにいてわからなかったが、並んでみると思っていたよりもずっと小さい。近所の小学生よりも小柄なユキヒョウが、器用に二本足で立っている。

「ち、違うんです。ここのアクセサリーが本当に綺麗《きれい》で見入ってしまって……」

それくらい夢中になっていたのだと伝えたいことを、ユキヒョウは理解してくれたようだ。一度目を大きく見開いてから、嬉《うれ》しそうに優しくそれを細めた。

「ありがとうございます。よろしければゆっくり座りながらご覧になってみませんか？」

「え？」

もしこれが人間の店員だったら、買う予定もないのにと思って断っていただろう。だけどユキヒョウに言われると、なんだか気が緩んでしまう。

「押し売りをしたいわけではなくて、ボクが素敵だと思うものをお客様にも見ていただきたくて」

そう言うユキヒョウの碧い瞳が、まるでショーケース内の宝石のようにキラキラ輝いている。それだけで彼の言葉に嘘がないことが伝わってくるようだ。

「それじゃあ、お願いします」

気がつけばそう返事をしていた玲奈に、ユキヒョウはピンと耳を立てますます目を輝かせた。

「ありがとうございます。応接スペースへご案内します」

ユキヒョウが玲奈の前に一歩踏み出し、歩き出す。その後をついていくと、ユキヒョウは店の奥へ向かった。

大きなショーケースがある壁の横の方に、目立たない扉がある。その扉を彼が開けると、次の瞬間、ふわりとコーヒーの芳《こう》ばしい香りが鼻腔《びこう》をくすぐった。心安らぐ香りは、ここが宝石店であることを忘れるほどだ。

「お客様がいらしゃったのですね、坊ちゃま」

部屋の奥から低くよく通る声が響いてくる。ユキヒョウの声とは対照的な、渋いおじ様とおじい様のちょうど中間とも思える声だ。

声の主を探してみると、カウンターキッチンの中にペンギンがいた。ペンギンは片眼鏡をかけ、黒いベストと黒い蝶ネクタイを着けている。

すでに話すユキヒョウを受け入れていた玲奈にとって、ペンギンが喋ったことに驚きはない。だが、不思議な組み合わせだとは思わずにいられなかった。どちらも寒い所に住む動物とはいえ、全く接点がないはずだ。

「うん、コーヒー出してもらってもいいかな」

そう返したユキヒョウは、玲奈に接するよりもずっと自然体だ。これまで姿や声に似合わないほど落ち着いていると思っていたが、今の彼の表情は幼く年相応に見えた。

ユキヒョウを坊ちゃまと呼んでいるということは、ペンギンは執事なのだろうか。なんだか妙にしっくりくるので、そうあって欲しい気にさえなってくる。

「かしこまりました。すぐご用意いたします」

ペンギンの返事を聞いたユキヒョウは玲奈に向き直り、思った以上に太くてもふもふの手で少し先を指し示した。手の先にはアンティーク調のテーブルと、椅子が二脚置かれていた。正直応接スペースというより、お洒落《しゃれ》なカフェという雰囲気だ。

「さあどうぞ、ここにかけて待ってて」

ユキヒョウがニコリと笑った。ペンギン相手よりはまだ堅さがあったが、店内にいた時の口調よりもだいぶ砕けている。だけど今の方が彼らしいと思うせいか、嫌な気はしなかった。

「ありがとうございます」

促されるがまま腰をかけると、ペンギン執事の真正面に座ることになり彼の手元が見えた。

アンティーク調のコーヒーミルに手際よくコーヒー豆を入れ、ペンギンがハンドルを回し出す。あの翼でどのようにハンドルを握っているのかわからないけど、ゴリゴリと豆が挽《ひ》かれていく音がリズミカルに響いてきた。

これまでよりも濃いコーヒーの香りが、空間に漂い始めている。

そんなペンギンの横に、いつの間にかエプロンを着けたユキヒョウが立っている。ご丁寧に頭には三角巾を巻いて、先ほどまでのお坊ちゃんな感じとはまた違ってかわいい。

冷蔵庫から何かを取り出すと、カウンターキッチンの中で彼は作業を始めた。エプロンを着ているから、何か調理でもしているのだろう。

一方、コーヒー豆を挽いていたペンギンが手を止め、慣れた手つきでペーパーフィルターの折りしろを折っていく。そのフィルターをドリッパーにセットし、コーヒーミルから取り出した粉を入れた。それからポットから細く出るお湯を、円を描くようにしてドリッパーに注いでいく。

どちらの動きも鮮やかなのにかわいくて、ついつい見入ってしまう。

「お待たせいたしました」

どれくらい時間が経《た》ったのか、いつの間にか目の前にやってきていたユキヒョウの声で我に返る。

その途端、パンの焼けた匂いと、チーズの濃厚な匂いが鼻先をくすぐった。まだ夕食を食べていなかった玲奈にとってとても魅惑的な香りだ。

「よかったら一緒に食べない？　ボクお腹《なか》減っちゃって」

そう言いながら、ユキヒョウが玲奈の前にピザトーストが載ったお皿を置いた。香ばしく焼けたチーズの上にトマト、タマネギ、ピーマン、それからソーセージがふんだんに盛り付けられていて、見るだけでお腹が減ってくる。

宝石店でまさかピザトーストを出してもらえるとは思わなかったが、美味《おい》しそうな見た目と香りを前にして断る気概なんて持ち合わせていない。

「じゃあ、お言葉に甘えて……」

「うん、食べて食べて。それじゃ、いただきまーす」

言うが早いか、ユキヒョウはもふもふした手でトーストを器用に持って口へ運んだ。サクッと小気味よい音が響いてきた。

ヒゲを動かしながら美味しそうにモグモグ噛《か》んでいる顔を見ていると、玲奈もいてもたってもいられなくなってくる。

「いただきます」

一口齧《かじ》るとサクッと噛み切れた。こんがり焼けた厚切りトーストの香ばしさととろけたチーズ、どこか甘味を感じられるトマトソースが口の中を満たしていく。

噛めば噛むほどサクサクと音がして、チーズの濃厚さが広がる。そこへまだ少しシャキシャキしたピーマンの食感と苦味がきて、最後にトマトソースで一つの味を完成させていた。そうして飲み込んだ後、最後に残ったのは食パンの小麦の味で、これがまた少し甘味があっておいしい。

「おいしい！　すっごくおいしいです」

「よかった。簡単に作れるのにピザトーストっておいしいよね！　このトマトソースはいつも切らさないように作ってあるんだ」

嬉しそうに言う彼の顔つきは柔らかくなり、腕かと思うほど太い尻尾をゆらゆらと揺らしている。どうやら玲奈が褒めたのがよほど嬉しいようだ。

「え、ソースもユキヒョウさんが作っているんですか？」

「うん！　ケチャップとタマネギとトマト缶で作れるんだよ。それにガーリックとかオレガ……あれ、なんだっけ……オレガン？　オルガン？　オレ……」

そこでピザトーストをお皿に置いたユキヒョウの動きが止まった。困ったように視線を下げ、耳もだんだんと後ろへ伏せていく。

「もしかして……オレガノ、ですか？」

思わず玲奈が口を出すと、すぐさま彼の耳がピンッと立った。

「そう！　オレガノ！　ちょっと苦いけど、やっぱりピザソースには欠かせないよね！」

そこまで言ってから、ユキヒョウはちょっと恥ずかしそうに尻尾を摑《つか》んだ。

「どうも宝石以外の名前を覚えるのは苦手で……あ、冷めないうちに、食べてね」

「はいっ」

自分が想像以上にお腹が減っていたことに気づいた玲奈は、尻尾を抱き枕のように抱えるユキヒョウの前でどんどんピザトーストを食べていく。薄く切られたソーセージが口の中にやってくると、これまでとはまた違う旨味《うまみ》が口内で広がる。

ピザトーストでこんなに幸福感を得られるなんて、知らなかった。

感動しながら食べ進める玲奈の鼻に、今度はコーヒーの香りが届く。

「お待たせいたしました」

顔を上げると、いつの間にかお盆を持ったペンギンが近くまで来ている。

「ペンギンブレンドになります」

紳士然とした動作で、優雅にペンギンが玲奈とユキヒョウの前にコーヒーカップを置いた。

白地のカップには深い藍で『JEWELRY　LEO』という英字と、足跡が書かれている。そういえば看板にも足跡があったかもしれない。

「ありがとうございます」

ペンギンブレンドって、このペンギンがブレンドしたからだろうか。なんて考えながら礼を述べるとペンギンがニコリと笑った。実際には目を細めているだけなのだけど、なぜだか微笑《ほほえ》まれていると思えてしまう。

「ありがとう」

ユキヒョウもお礼を言って、もふもふの手で自分のカップを持ち上げる。湯気の当たった鼻を少しヒクヒクさせて香りを確かめるようにしてから、口元まで運んだ。

一度目を閉じゆっくりと味わっているようだ。

「うん、おいしい。お客様もどうぞ、召し上がって。じいやの淹《い》れるコーヒーは格別だよ」

やっぱりペンギンはユキヒョウにとって、じいやだったのかと納得する気持ちと、ペンギンがじいやってどういうことだと困惑する気持ちが、玲奈の中でひしめき合う。

「坊ちゃま、先ほどから口調が戻っていますよ」

「えっ？　あ、そっか……ここに来るとつい……」

背後に立つペンギンに厳しい声で指摘され、シュンッとユキヒョウが耳を下げた。

「だ、大丈夫ですよ、そのままで」

なんだかかわいそうに見えて玲奈が言うと、すぐさま耳がピンッと立った。

「本当？　じゃあ、このままで！」

「やれやれ……お客様、ありがとうございます」

少し呆《あき》れ気味のペンギンが保護者のように玲奈に深々頭を下げる。しかしそこには厳しさだけでなく、じいやとしての愛情が垣間《かいま》見《み》えるような気がして、なんだか心が温かくなった。

「ね、冷めないうちに飲んでみて」

「あ、はい」

勧められて、玲奈はテーブルの上に視線を移した。

カップからは芳ばしくて深い香りが漂ってくる。引き寄せられるように手を伸ばしカップを持ち上げると、立ち上る湯気と共に香りが一気に鼻の奥まで届いた。

一口含んでみると、わずかな酸味が口の中に広がっていく。まろやかな口当たりを楽しんでいるうちに酸味が消え、今度は心地よい苦味がやってきた。最後には口から鼻にカカオのような香りが抜けていく。

酸味も苦味もしっかり感じられるのに、どちらもちょうどよく、あとに引かない。正直、ブラックコーヒーでここまでおいしいと思ったのは初めてだ。

何より、少し残ったピザトーストのこってり感を、コーヒーが流してくれたみたいにスッキリするのだ。

「おいしい……おいしいです、じいやさん」

口にしてから、『じいやさん』は失礼だったかと玲奈は慌てて口に手を当てる。しかし、ユキヒョウの後ろに控えているペンギンは嬉《うれ》しそうに目を細めていた。

「お口に合ったようでなによりです」

ユキヒョウとペンギンが話すこの不思議な空間で、最高においしいピザトーストを食べて、最高においしいコーヒーを飲む。あまりにも非現実的すぎて、次第に夢の中にいる気分になってくる。

ピザトーストを食べ終わるとペンギンがお皿を片付けてくれた。

お腹が満たされたことで玲奈がほっと一息ついたその時、足元のコンビニのビニール袋がガサッと音を立てて横倒しになった。

「あ……」

思わず声を漏らす。

夢心地だったのに、気持ちが一瞬にして現実に引き戻されたようだ。

「どうかした？」

きっと顔に出ていたのだろう。ユキヒョウが心配そうな目を玲奈に向けてくる。

「いえ……その……」

上手《うま》く言葉が出てこない。

下を向くと袋の中で倒れた缶チューハイが、ビニール袋から少し覗《のぞ》いていた。今日なぜお酒を買ったのか、その気持ちが急に蘇《よみがえ》ってくる。

どんなにユキヒョウがかわいくても、どんなに宝石が綺麗《きれい》でも、どんなにコーヒーがおいしくても、結局心の中にある靄《もや》は消えていないのだ。

なるべく口角を上げながら、玲奈は気持ちを落ち着かせるために小さく息を吐いた。

「ちょっと、悩みごとを思い出しただけです。すみません」

咄嗟《とっさ》に良い言い訳が浮かばなかったので、サラリと流すように笑顔を作る。

「悩みごと？」

しかし玲奈の気持ちとは裏腹に、ユキヒョウは流してくれなかった。

やはり口にすべきではなかったと自責の念にかられる玲奈の前で、ユキヒョウは優しく目を細めた。

「なら、よければ少しお話ししていかない？」

「え？」

柔らかい声で提案されて、玲奈の口から少し間の抜けた声が出る。

「気持ちを口にすることで、楽になることもあるでしょう？　今日はもうお客様はいないし、ここには店長のボク、ユキヒョウと執事のアデリーペンギンだけ。人間には話せないようなことも、話しやすいかも」

穏やかな少年の声は心地よく響いてきた。彼の言葉からは決して押し付けではない、優しさを感じられる。

店長という事実には驚いたが、店名が「ＬＥＯ」なのだから当然と言えば当然なのかもしれない。

視線が合うとユキヒョウがふわっと笑いながら頷《うなず》いた。

まるでぬいぐるみのように愛らしい姿に、自宅にいるホワイトタイガーのぬいぐるみを思い出す。寂しい時、悲しい時、落ち込んだ時、いつも玲奈が話しかけるぬいぐるみだ。

模様は違うが、ふわふわな毛や碧《あお》い瞳は似ている。

だからか、少し話してもいいかなと思えてきた。

「楽しい話ではないんですが……」

そう前置きしてみると、ユキヒョウもペンギンも黙ったまま静かに頷いた。言葉がなくても続けていいと言ってくれているのがわかって、玲奈は再び口を開く。

「私、とにかくいい人でいたいんです。気が利いて、優しくて、親切な、そういういい人でいたいんです」

こうしてはっきり口にしたのは、生まれて初めてだ。ホワイトタイガーのトラちゃんには何度か伝えたことがあったが、こうして反応のある相手に話したことはなかった。

「小さい頃はただ怒られるのが苦手で、どうにか怒られないようにと考えながら過ごしていました。だけど小学校に入ってから、ただ怒られるのを避けるだけではダメだと気づきました。大人の言うことをちゃんときいているだけだと、友達と上手くやっていけない……それで、気がついたら人から嫌われるのがすごく怖くなっていたんです」

ギュッと膝の上で手を握った。

ユキヒョウとペンギンの反応を窺《うかが》うように視線を上げると、ふたりとも真剣に聞いてくれているのが伝わってくる。

「嫌われないため、できるだけいい子、いい人でいたいって思っていたら、自然と人からの頼みを断れなくなりました……」

「断ったら、嫌われると思うからでしょうか？」

執事のペンギンが静かに、だけど優しい声で訊《き》いてくる。

「はい……断った時の相手の困ったような顔とか、不満そうな顔とか、そういうのが苦手で。誰にも相手にされなくなったらって考えたら、怖くて。それなら多少無理をしてでも頼みを引き受けてしまった方が、ずっといいって思ってました」

誰にも話したことのない気持ちを口にして、体が少し重たく感じられた。普通なら心が軽くなるのかもしれない。だけど自分が目を背けていた部分が、急に目の前に現れたような気がしてしまったのだ。

視線を泳がせると、ユキヒョウと目が合った。彼はニコリと優しく笑い、そしてコーヒーカップを口に運ぶ。

自分のコーヒーがまだ残っていることに気づき、玲奈もつられるようにしてカップを手に取った。

口に入れたコーヒーは少しぬるくなっていたが、まだまだ口の中に広がる芳《こう》ばしさは健在だ。程よい苦さが心を落ち着かせてくれるような気がした。

ゆっくりカップをソーサーの上に戻して、玲奈は顔を上げる。

「いいって思ってたんです。ずっと、小学校の頃から。平凡で、取り柄もない私は、いい人でいなくちゃ誰かに必要とされない。だから、そのための努力をしてきました」

真面目に生きて、人を助けられるように情報を集め、とにかく色々と学んできた。困った人がどこへ連絡すればいいのかなども頭に入っているが、救急時に対応できるように救命講習にも何度も足を運んだ。おかげで心肺蘇生《そせい》法、AEDと呼ばれる自動体外式除細動器の使用方法、外傷の応急手当なども今ではすっかり頭に入っている。

「なのに最近、私はいい人ではなくてどうでもいい人、都合のいい人なんじゃないかって思い始めてしまって……」

そう思ったきっかけは、なんだったのかわからない。もしかしたらずっと心のどこかで思っていて、それが急に表面に出てきただけなのかもしれない。

だけど一度考え始めるともう止まらなかった。

「それで、貴女《あなた》は変わりたいと思っているんだね」

「え？」

柔らかいユキヒョウの声に、いつの間にか俯《うつむ》いていた玲奈は思わず顔を上げた。

「変わりたい……？」

呟《つぶや》く玲奈に向かって、ユキヒョウは優しい顔で微笑んでいる。

「変わりたい……そっか、ずっと……私は変わりたかったんですね」

口にしてみると、心の中にストンと言葉が落ちていく。

考えを押し付けられたわけでも、誘導されたわけでもない。紛れもなく、自分自身が望んでいたことだとわかる。

だけど望みがわかったところで、いったい何ができるというのだろうか。物心ついてからずっとこうだった自分が今更変われるのか、と考えると、できるわけがないと思ってしまう。

「なんでも自覚をするのが、解決への第一歩だよ」

まるで玲奈の不安を読み取ったかのように、穏やかにユキヒョウが言う。

「漠然とした悩みや不安を抱えたあとで、実際に自分はどうしたいのか、目標をどこにしたいのかを明確に言葉にすることは、意外と難しいものですよ」

玲奈がユキヒョウの意図が読めないという表情を浮かべると、ペンギンが補足するように続けた。

「そういうものでしょうか……」

言いながらも、どこかで納得していることに気づく。

これまでずっと玲奈はいい人でい続けたいと思いつつも、どこかで不安や不満を感じていた。だけど変わりたいとはっきり考えたことも、たとえトラちゃんに向かってでも言葉にしたこともなかった。

そして今日、初めて口にした時、どこかすっきりした気分になったのだ。

「変わることは、いつだって難しいことだよね。だけど気づいたことでまずは一歩踏み出せたはずだよ」

ユキヒョウの言葉に隣のペンギンもウンウンと頷いている。彼らを見ていると、なんだかそういう気がしてくるから不思議だ。

「うん、お客様に見せたかった宝石はぴったりだったね」

「え？」

そういえばここは宝石店だったと思い出した玲奈の前で、ユキヒョウがいつの間にか用意していた黒いケースをテーブルの真ん中に移動させた。

パチンッと二つの留め金具を外してからケースの正面を玲奈の方へ向け、ゆっくりと蓋《ふた》を開く。

「わぁ……綺麗……」

思わず玲奈の口から言葉が零《こぼ》れた。

ケースの真ん中に置かれているのは、緑色をした大きな楕円《だえん》形の宝石だ。その深い青緑色は海のようでもあり、深い森の木々のようでもある。

「これって、エメラルドですか？」

緑の宝石と言えばエメラルドくらいしか思いつかず、玲奈は尋ねてみる。

「違うんだけど、ある意味では当たりだよ」

「ある意味では？」

ユキヒョウの言う意味がわからず、玲奈は首を傾《かし》げる。

エメラルドではないのに、ある意味当たりとはどういうことだろうか。

「これは、アレキサンドライトという宝石なんだ」

名前を聞いてもピンと来なくて、再び玲奈は首を傾げていた。するとユキヒョウが説明を続けてくれる。

「アレキサンドライトには他に『昼のエメラルド』と『夜のルビー』という呼び名もあるんだよ」

「昼のエメラルド？　でも、エメラルドじゃないんですよね？」

玲奈の質問に、よくぞ聞いてくれましたとばかりにユキヒョウの目がまるで何かの宝石のようにキラリと輝いた。

「うん。エメラルドはベリルと呼ばれる鉱石で、アレキサンドライトはクリソベリルと呼ばれる鉱石なんだ。両方ともベリルってついているけど、硬度も比重も全然違う、別の鉱石なんだよ。どちらにもベリリウムが含まれているから、こういう名前になったんだって。ちょっと紛らわしいよね」

瞳をキラキラさせながら、ユキヒョウは饒舌《じょうぜつ》に語る。

ベリリウムってなんだろうと考えて、頭の中に『水平リーベぼくの船』という言葉が浮かんでくる。もうあまり覚えていないけど、確かこれの『ベ』が『Ｂｅ』の元素記号で、ベリリウムのことではなかっただろうか。

そんなことを思い出しながら改めて目の前の石を見てみると、相変わらず綺麗《きれい》な緑色に輝いていた。元素とか、石の名前とか、そんなものどうでもよくなるくらい、美しく煌《きら》めいている。

「わざわざ昼を付けるのには、何か意味があるんですか？」

「いいところに気がついたね！」

玲奈の質問にユキヒョウがポンッともふもふの手を叩《たた》いて、勢いよく立ち上がった。

「坊ちゃま」

しかしペンギン執事にたしなめられ、一度小さく咳払《せきばら》いをしてから静かに座り直す。

「アレキサンドライトは当てる光の種類によってその色が変わる、面白い宝石なんだよ」

「え、色が変わるんですか？」

「うん。見てて」

驚く玲奈に頷いてみせたユキヒョウは、いつの間にか手にしていた何かのスイッチを押す。

すると、室内の証明の色が一瞬で変わった。先ほどまでは白っぽくて昼白色の明かりだったのが、今はオレンジっぽい電球色のような明かりになっている。

「えっ!」

いったいなんのためにと思いながらテーブルの上に視線を戻して、玲奈は言葉を失った。先ほどまで深緑色をしていた宝石が、赤紫色になって輝いているのだ。同じ宝石だとはとても思えないほど、色が変わっている。

「驚くよね。光の色でこんなにも宝石の色が変わるんだから」

玲奈の反応を満足そうに見つめて、ユキヒョウは頷《うなず》いた。

「まるで別物みたい……」

「それこそがアレキサンドライトの魅力なんだ! アレキサンドライトに含まれているクロムっていう物質が黄色を吸収するのと、石自体が赤色と緑色の光を同じように反射させるからなんだよ。だから赤みの強い光を持つ蠟燭《ろうそく》や白熱灯の下では、この通り赤っぽく見える」

そこまで言ったユキヒョウがまたスイッチを押し、室内の照明を白っぽく変えた。そして、ケースの中のアレキサンドライトは、再び青緑色に輝き出している。

「でも、青みの強い光を持つ日光やLEDライトの下だと、こうして緑っぽく見えるようになるんだよ」

「すごい……こんな宝石があるんですね」

「まさに自然の神秘だよね！」

玲奈が感嘆の声を漏らすと、ユキヒョウは嬉《うれ》しそうに碧《あお》い瞳を輝かせた。

「残念なのは、最近は白熱灯や蠟燭を照明として使わないから、なかなか赤紫のアレキサンドライトを見る機会がなくなったってことなんだよね」

「確かに、白熱灯はもうほとんど見ないかも」

玲奈の家でも、今ではＬＥＤの電球しか使っていない。

「だからうちの店では宝石の変色効果を楽しめるように、白熱灯も設置しているんだ！ボクが先代のじっちゃ……おじい……じゃなくて、祖父に提案したんだよ」

どこか誇らしげにユキヒョウが胸を叩いた。祖父をじっちゃと呼んでいるユキヒョウはかわいいが、それよりも彼は玲奈が感じていた以上に宝石が好きなのが伝わってきて、なんだか頬が緩んでしまう。

その気持ちもわかる気がする。

今までそれほど興味のなかった玲奈でも、このお店の宝石たちは本当に美しいと思う。

その中でも目の前のアレキサンドライトの輝きは格別だ。

だけど、なぜユキヒョウはこれを玲奈に見せようと思ったのだろう。

「あの……アレキサンドライトがぴったりって、どうしてですか？」

疑問に思ったら訊《き》かずにはいられなかった。

玲奈の問いに、ユキヒョウは耳をパタパタと動かしてからニコリと笑う。

「アレキサンドライトは光を当てたって、見た目の色が変わるだけで宝石の中身が変わるわけじゃない。これから貴女が変わろうとしても、これまでの自分自身がなくなるわけじゃないんだ」

「それって、いいことなんでしょうか……」

ふと零れた不安に、ユキヒョウは優しく目を細めた。

「もちろん。だってこれまで頑張ってきた自分を否定するなんて、もったいないでしょ？貴女は自分を大事にしたまま、変われればいいと思うんだ」

その言葉は優しくて温かいはずなのに、なぜだかすごく重たい。

「だけどアレキサンドライトの色が変わるためには、違う種類の光が必要だよね。だから貴女が変わるためにもきっとなにかが必要だと思うんだ。どうかな」

そうは言われても、ピンと来なかった。

「わからないです……だって私は、ずっといい人であるように生きてきたから……」

変わりたいと思う自分を自覚した。

だけどそのために必要なものと言われても、何も思いつかない。

「そうだよね。変わりたいと思ったのは今だもの。ずっと頑張ってきたんだし、それを突然変えるってやっぱり怖いと思う」

ユキヒョウの優しい言葉が、今度はストンと心に落ちてきた。

変わることを考えた時、玲奈の心に一番大きな気持ちとして湧き出してきたのは恐怖だ。

本当に変われるのか。

いい人ではない自分が周りからどう見られるのか。

考えたらやっぱり怖い。

「だから今はまず、変わりたいと強く想《おも》うことに意識を向けたらどう？」

「強く想う……？」

たったそれだけとは、なんだか拍子抜けしてしまう。

「うん。すぐにはできなくても、焦らずに、強く思い続けていて欲しいな」

小首を傾げたユキヒョウが両手を合わせ、まるでお願いするかのように玲奈を見る。

「それなら……はい」

「よかった！」

姿の愛らしさに思わず頷くと、ユキヒョウが立ちあがって玲奈の手を優しく摑《つか》んだ。もふもふした柔らかな毛の感触が手を包み込む。

ユキヒョウって手の裏側にもたくさん毛が生えているんだ、なんてことを考えてしまうくらいふわっとしていて、ぬいぐるみに触れられている気分にさえなってきた。

「坊ちゃま、こちらを……」

するといつの間にかどこかに行っていたらしいペンギン執事が、手にしていた小さな封筒をそっと差し出した。

「ありがとう」

彼はもふもふの手を玲奈から離すと封筒を受け取り、ゆっくり丁寧に中からカードを取り出す。

「やっぱり！」

嬉しそうな声を上げたユキヒョウは、まるで宝石のような碧い瞳を輝かせてこちらを見ていた。

「玲奈さん、次のお休みの日にぜひまた来て欲しいんだ。きっと貴女《あなた》宛の預かり物がその頃には届いているから」

「私宛の……？」

「うん！　絶対来てね！　その時、きっと貴女に素敵な出会いが訪れるはずだよ」

あれから、気がつくと玲奈は家に帰っていた。

どんな挨拶をしてあの宝石店を出たのか、どんな道を歩いて帰って来たのか、正直あまり覚えていない。まるで夢でも見ていたかのような気分だ。

人の言葉を喋《しゃべ》るユキヒョウとペンギンがいる宝石店。それに、最後には玲奈の名前を呼んだ気もする。教えてもいないのだから、そんなの夢以外にありえない。

だけど、あの時食べたピザトーストと飲んだコーヒーの香りと味は鮮明に覚えている。

翌日試しにコーヒーチェーン店のブラックコーヒーを飲んでも、違いは明白だった。美味《おい》しい食パンを買って自分でピザトーストを作ってみても、あのサクサク感も濃厚さも何もかも真似《まね》できなかった。

だから、夢ではないのかもしれない、とつい思ってしまう。そうあって欲しいという願望なのかもしれないけれど。

「小野崎、この資料今日中にまとめて」

金曜日、課長から朝一番で分厚い書類を渡された。

課長がこうやって玲奈の机にまで来て頼んでくるのは、いつも時間のかかるものばかりだ。情報が多いだけでなく、しっかり中身も精査しないといけないような、そういうものだろう。

昨日も先輩から一つの仕事を押し付けられたばかりだ。それがようやく終わる目処が立ったので、自分の仕事に取りかかれると思っていたところだった。

だから断りたい。

これまで何度も押し付けられてきたからわかる。今回の件はそれほど重要ではない仕事のはずだ。本来なら後回しにできるものを、なんとなく気分で今日中と言っているだけだ。

キーボードの上に置いていた手に、自然と力が入っていく。

今日こそは勇気を振り絞って断るべきだ。

「あの、ちょっと今手が……」

急ぎの案件を抱えている——そう言いかけた瞬間、上司の目から光が消えた。

玲奈の心をひやりとした何かが襲う。鳩尾《みぞおち》の辺りがキュッと締まっていくような気さえする。

「おいおい。誰かの頼みを引き受けないと、小野崎の存在意義がなくなるだろ」

課長の言葉が、胸に突き刺さった。

呆然《ぼうぜん》としながら顔を上げると、ニヤニヤと笑う課長と目が合う。

「難しい仕事じゃない、誰でもできる仕事だから頼んでるんだよ」

なぜ、自分はこんなにどうでもいい人間扱いをされなくてはいけないのだろう。

これがいい人であろうとした結果なのだろうか。

「課長、よろしいですか」

「なんだ、風間《かざま》」

玲奈が呼吸の仕方を忘れそうになった時、現れたのは隣の課であまり話したことのない先輩だった。背が高くて、綺麗《きれい》で、いつも凛《りん》としている先輩は、別の課とはいえ玲奈に仕事を押し付けたことは一度もない。

「それって、先週の会議の時に部長から頼まれていたものですよね。確か、課長の見解を知りたいからって話ではありませんでした？」

「あ、ああ……そうだったかな」

微笑《ほほえ》みながら先輩は玲奈の机の上から書類を取り、課長へ差し出した。

「なにかあれば私が手伝いますから、ご自身でやられるのがよろしいかと」

「そう言われてみれば、そうだな」

「あと、別件でお聞きしたいことがあるんですけど」

書類を受け取って、課長は先輩と共に自分のデスクへ戻っていった。

もしかして、助けてくれたのだろうか。こちらを振り返らない先輩の背中を見つめてみても、答えは出ない。

だけどはっきりとわかることが一つあった。

課長にとって自分はどうでもいい人間なのだ。改めてそう考えると、体がなんだか重苦しくなってくる。

いくら変わりたいと思っても、もし変われたとしても、結局周りからの評価は変わらないのだ。

それじゃあ何のために変わりたいと思ったのか、わからなくなってくる。

これなら意識しなければよかった。

誰にとってもどうでもいい人なのかもしれないと思いながら、なんとなくモヤモヤしていただけの方がよかった。

ただでさえ自分が好きではないのに、嫌いにまでなってしまいそうだ。

『すぐにはできなくても、焦らずに、強く思い続けていて欲しいな』

苦しくなってきたところで、あの少年の声が頭の中で響いた。ユキヒョウのお願いポーズを思い出したところで、スッと体が軽くなっていく。

焦らずに、思い続ける。

簡単なようですごく難しい。だけどすぐに変わらなくてはと思うより、ずっと気が楽だ。だんだん息も整ってきた。

まずは目の前の仕事を終わらせていこうと意気込み、玲奈はディスプレイに向き合った。

土曜日の朝、玲奈は自宅のベッドから起き上がれずにボーッと天井を眺める。

結局、昨日はあれからたまりにたまった自分の仕事をこなすことができた。課長が仕事を玲奈に押し付けなかったのがきいたのか、珍しく誰も頼んでこなかったのは助かった。良《い》いことなのに、これから先誰にも必要とされなかったらどうしようという気持ちも生まれてくるから嫌になる。

スマホを手繰り寄せて時間を確認すると、もうすぐお昼になるところだ。今日の予定は特にないが、このまま何もしないで過ごすのはもったいない。

と、そこまで考えて思い出した。

確かユキヒョウが、次の休みの日にまた来て欲しいと言っていた。しかも、玲奈宛の預かり物があると言っていなかっただろうか。

勘違いだったかなと考えながら記憶を辿《たど》ってみるが、やっぱり玲奈宛の預かり物と言っていた気がしてならない。初めて訪れた場所に、なぜ自分宛の物が届くのだろう。

信じられない気持ちは大きいが、とりあえず玲奈は支度を始めることにした。朝食代わりに野菜ジュースを飲んで、あとは着替えて軽く髪の毛や顔を整える。

近所だしこれくらいで十分だと思ったところで、玲奈は外に出た。

いつの間にか深まってきた秋の空気が頬を撫《な》で、ひんやりと全身を包み込んでくる。ぼーっとしていた頭が次第にハッキリしてきて、曲がり角の手前で足を止めた。

あの宝石店は本当に存在しているのだろうか。そもそも喋るユキヒョウが店主で執事がペンギンなんて、夢でないとおかしい。

記憶の中のコーヒーの香りも味も、もうだいぶ薄れてきた。だから余計に、夢ではないという確信が持てない。

このまま家に帰ろうかと迷っていた玲奈の耳に、ガシャンと大きな音が飛び込んできた。

慌てて振り返ると、自転車が道の端に倒れていた。よく見ればその下に下敷きになった子どもがいる。

子どもが自転車で転んだのだと気づいて、玲奈は思わず駆け寄った。

「大丈夫？」

上に覆いかぶさった自転車を持ち上げ、スタンドで自立させてから子どもに目を向ける。

「うん、大丈夫」

そう言って立ちあがった少年の膝《ひざ》からは出血しており、大丈夫とは言い難い。事実、少年は痛みを堪《こら》えるように顔をしかめている。

その顔には見覚えがあった。近所に住んでいる小学校に上がったばかりの少年だ。いつも元気に挨拶してくれる彼の母親は、一人暮らしの玲奈を何かと気遣ってくれている。一回り上の彼女に対して、玲奈は年の離れた姉のような気持ちさえ抱いていた。

「千隼《ちはや》君、血が出てるよ」

名前を呼ばれて、少年が玲奈を見上げた。

「玲奈お姉ちゃん、今から出かけるの？」

その言葉に一瞬言葉を詰まらせてから、玲奈はハンカチを取り出して彼の膝に巻き付けた。

「そんなことより、千隼君は？　今から帰るの？」

「うん、帰るとこだった。転んだけど」

「じゃあ、送っていくよ。自転車押していってあげる」

「自分で押せるよ……いっ」

強がりながら手をハンドルに伸ばすが、痛みからその手を引っ込めた。よく見れば手の平や肘《ひじ》などからも出血している。

「無理しちゃだめだよ。ほら、行こう」

玲奈が自転車を押しながら歩き始めると、少年は渋々それについてくる。怪我《けが》した足をヒョコヒョコと引きずりながら歩く彼のペースに合わせて、玲奈はゆっくり歩き進めた。

これもいい人でいたいための行動だろうかと、考えてから小さく横に首を振った。怪我した子どもを放っておくなんて、できるわけがない。たとえいい人でいようとしなくても、きっと玲奈は同じことをしているはずだ。

「お姉ちゃん、元気ないの？」

「え？」

訊《き》き返しながら千隼を振り返ると、純粋な目で玲奈を見上げていた。怪我をしている子どもに心配されてなんだか情けなくなってくる。

「そういうわけではないんだけど……ちょっと、行こうか迷っているところがあって」

玲奈の言葉に興味を持ったのか、跳ねるようにして少年は横までやってくる。

「迷うなら、行った方がいいよ！」

もう痛みなんて忘れてしまったかのように、力いっぱい彼は口にする。

「やらない後悔より、やった後悔の方がマシだって、僕のクラスの先生言ってた！」

「やった後悔の方がマシ……」

少年の一言が、玲奈の心に優しく降ってくる。

行かないで後から悩むより、行ってみればいい。それであの宝石店が夢の中のものだとわかっても、それはそれでいいのかもしれない。あれが現実だったのか、それとも夢だったのかを確かめるために行けばいいのだ。

「確かにそうだね。先生いいこと言うね」

「でしょ！　僕もそう思った！」

話しながら一分ほど歩けば、ご近所さんの少年の自宅は目の前に見えてくる。白い壁の一軒家の前に玲奈が自転車を停《と》めると、彼が門を開けた。

「お姉ちゃん、ちょっと待ってて」

玲奈の返事を待たずに、彼は家に入っていった。

中から「お母さんー」と母親を呼ぶ声が聞こえてくる。母親がいるなら手当などはできるだろうと思ったが、待っててと言われては仕方がない。

自転車を門の中に入れて手持無沙汰にしていると、家の中から慌てたような足音が響いてきた。

「玲奈ちゃん、わざわざありがとうね！　転んだ千隼を連れてきてくれたんだって？」

玄関の扉が思い切りよく開かれたと思うと、少年の母親が飛び出してきた。

「いえ、たまたま通りかかっただけだし、すぐ近くだったから」

玲奈の答えに、少年の母親は優しく微笑んだ。

「でも、助かったわ。千隼だけだったら、自転車置いてきたかもしれないし。本当にありがとうね」

「い、いえ」

目を細めながら言われて、玲奈はなんだか気恥ずかしくなってくる。いい人でありたいと日々思っているのに、かしこまってお礼を言われるのは少し苦手なのだ。

再び玄関のドアが勢いよく開いて、少年が出てきた。足や腕にはしっかり絆創膏《ばんそうこう》が貼られている。やっぱりもう痛みを忘れたようで、普段とあまり変わらない足取りで玲奈の前まで跳ねるようにしてやってきた。

「お姉ちゃん、助けてくれてありがとう。これ」

手を伸ばされて、両手で受け皿を作ると上から個包装のチョコレートが降ってくる。よく見ると恐竜チョコと書いてあった。そういえば、少年が着ているTシャツにも恐竜が描かれている。

「僕のお気に入りなんだ。あげる」

満面の笑みで言われて、玲奈の頬も自然に緩んでいく。

「ありがとう、千隼君」

「どういたしまして！」

そう返してくれた少年は驚くほど純粋な笑顔で、玲奈も今度は笑みを浮かべていた。

親子と別れてからいてもたってもいられず、気がついたら走り出していた。駅方面へ駆けていても、正直不安な気持ちが消えたわけではない。だけどそれでも玲奈の足は止まらなかった。

二つほど角を曲がって直進すれば、もうすぐあの路地が見える。

息が切れ始めて、鼓動も速くなり、体も重くなってきた。体力も限界で、今すぐ休憩したいと体が言っているのがわかる。

だけど玲奈は走り続けた。

苦しくても足を止めないで、路地を曲がった。

「……あった……」

路地に入った少し先で、あのキラキラした看板が光っている。

そこでようやく玲奈は速度を落とし、息を切らしながら宝石店の前まで歩いていく。

『JEWELRY LEO』と書かれた看板はあの夜見た時と少し印象が違うけど、間違いなく同じものだ。

扉の前で一度深呼吸をしてから、ドアノブを引いた。チリンッとかわいい音が響いて、ふわりと温かい空気が玲奈の体を通り過ぎる。

「いらっしゃいませ」

店内に足を踏み入れると、透き通るような声が響いてきた。玲奈が視線を向けると、先日来た時と同じく、店の奥にあるショーケースの先にユキヒョウが立っている。

「あ、玲奈さん、いらっしゃい」

どこか他人行儀な挨拶に少し寂しさを感じていたところで、ユキヒョウが玲奈に気づいて人懐こく微笑《ほほえ》んだ。

「こんにちは」

挨拶を返すと、ユキヒョウが二足歩行で跳ねるようにして玲奈に近づいてきた。その姿が先ほどの少年と重なって、心が和む。

「待ってたよ、玲奈さん。さあ奥へどうぞ」

ぴょこぴょこと耳を動かしながらユキヒョウが奥に向かって歩いていく。

それに続くと彼があの扉を開けた途端、コーヒーの香りが玲奈を包み込んだ。芳《こう》ばしくて、どこか優しい香りは、運動直後の体の強張《こわば》りを和らげるかのようだ。

「いらっしゃいませ、小野崎様」

「お邪魔します」

カウンターキッチンの奥にいたペンギン執事が、深々と頭を下げてきた。

やっぱり彼らは一度も名乗っていないのに、玲奈の名前を知っている。これが人間の店だったら気味悪く感じたかもしれないが、そもそも人の言葉を話す動物なんて存在自体が不思議なのだから今更だ。

「この前の席に座ってて。すぐに用意するから」

言うが早いか、ユキヒョウは跳ねるようにして玲奈から離れていく。

コーヒーを用意してくれるのかと思ったが、そうではないようだ。彼はカウンターキッチンよりもさらに奥へと向かって行く。

少し迷ったが座ってててと言われた以上、先日と同じ席に座らせてもらうことにする。

すると、すぐにペンギン執事がペタペタと体を左右に揺らしながら近づいてきた。翼で器用に持っているお盆の上にはグラスと陶器のピッチャーが載っていて、ペンギン執事の体が揺れるたびに落ちてしまわないか不安になってくる。

目の前までやってくると、彼はそっと銀色の小さなお盆をコーヒーテーブルに置いた。

よく見ればグラスには氷が入れられ、陶器のピッチャーにはコーヒーが注がれている。先ほどまで気づかなかった小さなピッチャーはミルクピッチャーのようだ。

「ハニー・コールドでございます」

「ハニー・コールド？」

思わず聞き返すと、ペンギン執事が静かに頷《うなず》いた。

「蜂蜜とコーヒーの個性が溶け合った、豊かな味のアイスコーヒーです。甘過ぎず苦過ぎず、ミルクなしでも十分にまろやかさがあります。僭越《せんえつ》ながら、小野崎様はここまで走っていらしたようなので、本日は冷たいお飲み物をご用意いたしました。この部屋は暖かいですし、体が冷え切ってしまうこともないでしょう」

いったいどこまでお見通しなのだろうか。考えると恥ずかしくなってくるが、気持ちはとてもありがたい。言われてみれば喉がカラカラだ。

「あ、ありがとうございます」

「蜂蜜はすでに溶かしてありますので、グラスに注いでお召し上がりください」

「いただきます」

まだまだ温かいコーヒーの入ったピッチャーを持ち上げ、グラスに注いでいくと、パキパキと氷が音を立てた。

冷やされたことでコーヒーの香りが薄まったような気がして、少し残念に思いながらストローを挿しこんで一口飲んでみる。

その途端、コーヒーの程よい苦味と確かなコクが口の中に染み渡り、優しいまろやかな甘味がそれを包み込んでいく。最後にカカオのような芳ばしさが鼻から抜けて、玲奈はフウッと一息ついた。

「おいしい……」

「恐れ入ります」

無意識のうちに口から漏れていた言葉に、ペンギン執事がどこか嬉《うれ》しそうに目を細めながら頭を下げた。

もう一口飲んでみれば、疲れた体が柔らかく癒《いや》されていく。コーヒーらしさと確かな甘さによる見事な調和に、玲奈はすっかり魅了されていた。

そこで、ミルクピッチャーの存在に改めて気づく。銀のお盆で一緒に運ばれてきたのだから、注いでもきっとおいしいのだろう。

「お待たせ！」

ミルクを入れようか迷っていると、ユキヒョウが意気揚々と現れた。心なしか、これまでよりも一層彼の瞳は強く輝いているようにすら感じる。

「やっぱり、玲奈さん宛の荷物が届いていたよ」

「私宛……この前も言っていましたけど、本当に？」

誘われるがままに来ておいてなんだけれど、やはり疑わしい気持ちは消えない。だけどユキヒョウはますます目を輝かせている。

「もちろん！　これは間違いなく貴女《あなた》宛の贈り物だよ」

言いながら、彼はもふもふの両手で箱を差し出してきた。細やかな彫刻の施された艶やかな木箱は、玲奈の両手の上に載せられる程度の大きさだ。

「さあ、受け取って。貴女に宝石の想《おも》いが届きますように」

ユキヒョウが碧《あお》い瞳を煌《きら》めかせながら、玲奈を見上げた。その純粋な目には、嘘《うそ》などまるで感じられない。引き寄せられるようにして無意識に箱に手を伸ばす。

そして木箱に触れた途端、ふわりと温かくて優しい空気に包み込まれ、玲奈の目の前が真っ白になった。


気がつくと、知っている場所だった。

間違いなく通勤時に経由で使うターミナル駅の近くだ。ただ、普段歩いている時よりも高いところから見下ろしている。

「え、ええっ」

足元を見ると電線よりも上にいることに気づき、玲奈は慌てふためいた。けれど周囲を見回してもバランスは崩れず、むしろ崩すような体はどこにもないことに気がついた。

「なんで……」

足元をもう一度確認しても、足もなければ何もない。首を動かして自分の体を確認してみても、何もない。

玲奈は先ほどまでユキヒョウの宝石店にいたはずだ。なのに体がなくて浮かんでいるということは、もしかして突然死んでしまったのだろうか。

焦っている玲奈の足元で、ざわざわと人々が騒ぎだした。下を見ると、小さな人だかりができている。

その中心には、女性が倒れていた。

周囲に集まった人々は声かけや救急車の手配をしているようだが、誰も心臓マッサージをしようとはしていない。

自分ならできると考えたところで、今は体がないことに気がついた。

目の前に苦しんでいる人がいるのに、せっかく救命を学んできたのに、いざという時に使えないなんて。

「私、心臓マッサージやります！　誰かＡＥＤ持ってきてください！」

もどかしく思っていると誰かが人をかき分けてやってきた。

見覚えのあるその姿に、玲奈は絶句するしかない。

「あれって、私……？」

自分はここにいるのに、下にいるのも間違いなく玲奈だ。彼女は倒れている女性に駆け寄り、気道を確保してから人工呼吸をした。

その光景を見ていると、少しずつ記憶の扉が開いてくる。

確か二年ほど前、ショッピングをしている際に玲奈はこの場に遭遇した。相手が女性だったからか周囲が躊躇《ちゅうちょ》する中で、倒れた女性に人工呼吸と心臓マッサージを施したのだ。

なぜ今これを見ているのだろう。

視界の中で玲奈は額に汗を浮かべながら、必死に心臓マッサージと人工呼吸を続けている。

やがて誰かが自動体外式除細動器――ＡＥＤという、心臓に電気ショックを与えて正常なリズムに戻すための救命道具を持ってきた。

最近では名前を聞くようになり、色んな場所であのオレンジ色の装置が設置されているのを見かけるようになってきている。けれど、玲奈が講習に通い始めた頃はまだまだ知られていない物だった。

「持ってきました」

「貸してください！」

視界の中の玲奈がオレンジ色のＡＥＤに手を伸ばし、電源を入れた。

音声ガイドが流れる中、自分の上着を女性にかけてからその下で服をはだけさせて電極パッドを貼り付けていく。

「皆さん離れていてください」

周囲に言っている間に、ＡＥＤは心電図を検査している。

『電気ショックが必要です』

ＡＥＤの音声ガイドがそう言ってから、玲奈はもう一度周囲に離れるように指示を出す。

そしてオレンジのボタンを押すと、女性の体に電気が流れて大きく体が跳ねた。

『ただちに胸骨圧迫と人工呼吸を始めてください』

再び音声ガイドが流れ、玲奈が心臓マッサージを再度始めた。

玲奈の顔には迷いがない。動きにも無駄がなく、何度も講習に通ったことがちゃんと活《い》かされている。

このあと看護師だという女性が交代してくれ、救急隊が到着する頃には心肺蘇生《そせい》が成功していた。

安心して、少し離れた場所から救急車を見送ったのを覚えている。

今も元気で過ごしてくれていたらいい――そう思った玲奈の視界が、再び白に染まっていった。


瞬《まばた》きをすると、目の前にユキヒョウの姿があった。彼が碧い目を輝かせながら玲奈のことを覗《のぞ》き込んでいる。

手元を見るといつもの自分の手がしっかり木箱を持っていた。

「今のは……夢……？」

呟《つぶや》いた玲奈に、ユキヒョウがニコリと笑いかける。

「それは過去だよ。その贈り主が、玲奈さんに見せたかった過去」

「私に、見せたかった過去？」

首を傾《かし》げる玲奈にユキヒョウが頷いてみせた。

「玲奈さんはあの日看護師さんに交代してから、名乗り出るわけでもなく立ち去ったでしょ？　あの人とご家族が、ずっと捜していたんだって」

確かにお礼を言われるほどのことではないと、玲奈はすぐに立ち去った。看護師さんが交代してくれたし、あとはもう任せてしまおうと思ったのだ。

「玲奈さんから引き継いで心肺蘇生をやってくれた看護師さんにお礼をしようとしたら、自分の前に必死で頑張っていた人がいるからって受け取ってもらえなかったみたいだよ。えっと、電気ショックは……えっと……なんだっけ」

困ったように尻尾を抱えるユキヒョウの横に、スッとペンギン執事が進み出た。

「成功率の話ですよ、坊ちゃま」

その一言でユキヒョウの表情がパッと明るくなる。

「そう、成功率だ！　電気ショックの成功率は除細動までの時間が一分経過するごとに七から一〇％下がると言われている中、最初の人、つまり玲奈さんが迅速に、的確に処置したからこそ、後遺症もなく回復したってあの看護師さんが熱く語ったんだって」

まさかあの看護師の女性がそこまで言ってくれていたとは思わず、胸が震える。だけどそれ以上にもっと、大きな感情が玲奈を包み込んできた。

「よかった……あの人、元気になったんですね」

「うん、今もご家族と元気に楽しく暮らしているよ」

その事実にホッとして、視界が涙でぼやけてくる。

本当はずっと気になっていた。心肺蘇生に成功したとはいえ、あの人は本当に元気になれたのかわからなかったからだ。もしかすると真実を見るのが怖くて、あの時立ち去ってしまったのかもしれない。

「玲奈さんは、いい人であろうとする自分を変えたいって言っていたけど、玲奈さんがいい人だったからこそ、こうして救われた誰かがいるんだ」

ユキヒョウの言葉は、まるで優しい風のように玲奈を柔らかく包み込んだ。

あの女性がどうやってこれを手配したのかは全くわからない。だけど不思議と、ユキヒョウが嘘を言っているとは思えなかった。

「変わりたい気持ちももちろん大事だよ。だけどこれまでの玲奈さんを、貴女が持っている優しさや勇気、そして努力を否定しないで欲しいな」

今までなら、素直に受け取れなかったかもしれない。でも玲奈に助けられた誰かがいるという事実が、心に余裕を生み出した。

静かに頷《うなず》くと、手にしていた木箱がゆっくり開いていく。

「えっ？」

驚く玲奈の手の中で完全に開いた木箱の中に、ウサギのブローチが鎮座していた。

銀色のウサギはとても愛嬌《あいきょう》があり、真っ赤な瞳がキラキラと輝いている。この輝きからして、宝石なのだろうか。

「かわいい……」

「そちらが、玲奈さんへの贈り物だよ。銀細工がウサギのモチーフなのは、玲奈さんが今後幸運に恵まれるように願いを込めて。それから瞳のルビーは玲奈さんの誕生石でもあるけど、それよりも贈り主が石言葉を聞いて貴女にぴったりだと思って選んだんだ」

「石言葉？」

「うん。ルビーの石言葉は仁徳、そして勇気だよ」

仁徳と勇気。

誰かを思いやる心と、立ち向かう力――二つの言葉が玲奈の心に優しく響く。

女性があの時の玲奈を形容する言葉として選んでくれたのだと思うと、これまでずっと認められなかった自分自身を認めていいように思えた。

そしてこの二つの言葉はこれまで大事にしてきたものと、今からも大事にしたい言葉だ。

「血の赤に似ているということから、強い力や意志と結びつけられることも多かったんだ。昔、インドではルビーを持つ者は敵と戦わずに平和に生きていけると信じられていたし、ヨーロッパでは持つ者に慈悲と勇気と威厳をもたらすと言われていたんだって。ダイヤモンドに次ぐ硬度も持っているし、見た目だけでなく芯《しん》から強い石なんだよ」

言われて、もう一度ウサギの瞳に視線を落とす。

かわいい顔をしたウサギだが、その瞳は吸い込まれそうなほど力強い光を放っていた。石の芯の強さが色と光に表れているような気さえしてくる。

「……いい人であることと、都合のいい人、どうでもいい人であることは、違いますよね？」

玲奈の呟きに、ユキヒョウが目を細めて頷いた。

「もちろん。全く違うとボクは思うよ。それに、誰にとってもいい人である必要はないと思うんだ。玲奈さんがそう想《おも》われたい相手を選んだっていい」

「私が、選ぶ……」

考えたこともなかったが言われてみればそうだ。相手を選ぶ自由を、玲奈は持っている。どれほど視野を狭くしていたのか、そんなことにすらこれまで気づかなかった。

「ルビーは暗い部屋でたとえ青い光を当てたとしても、赤く輝く。周囲の光に負けない力を持っているんだ。いい人であり続けることは難しいけど、玲奈さんならきっと自分なりの方法でそうあり続けられるはずだよ」

そう言ってもらっても、自信はない。

けれど強くありたいと今は思えた。

勇気を持つことがとても難しくても、まずは一歩を踏み出したい。ルビーのように表面的な硬さだけでなく、中からも赤く輝ける強さを持っていたい。

こう思えるのは、これまでの玲奈をあの女性とユキヒョウが認めてくれたからだ。

「ね、玲奈さんにピッタリでしょ？」

目を輝かせたユキヒョウが玲奈を覗き込む。ピッタリだと言ってもらえて嬉《うれ》しい気持ちはあるが、頷くには早い気がした。

「今はまだピッタリではないかもしれません……でも」

蓋《ふた》を閉めた木箱をギュッと握りしめてから、玲奈は顔を上げた。

「いつか必ず、ルビーは私にぴったりだと言えるような自分になります！」

玲奈の決意の一言にユキヒョウは耳をピンと立てて、それから破顔した。

「うん、絶対なれるよ。ね、じいやもそう思うよね？」

いつの間にか隣に来ていたペンギン執事に投げかけると、彼も優しい顔をして頷いてくれる。

「はい。小野崎様はルビーと同じく芯に強いものをお持ちです。貴女《あなた》がこれまでずっといい人であろうと努力し続けられたのは、他でもない貴女の力ですよ」

「あ、ありがとうございます」

思わず玲奈が頭を下げると、ペンギンは微笑《ほほえ》むようにして目を細めた。クチバシだから変わるはずないのに、口角が上がっているように見えるから不思議だ。

「なんだかじいやに一番いいところ持っていかれたような……」

少しふて腐れてユキヒョウが柔らかくてもふもふした頬を膨らませたが、正直かわいいとしか思えない。

「まだまだ精進がたりませんよ、坊ちゃま」

そう言いながらももしかしてペンギン執事も玲奈と同じ気持ちなのか、ユキヒョウを見る目はとても温かかった。

「ユキヒョウさん、ペンギンさん、ありがとうございました」

立ち上がって頭を下げた。

ここを出たらもう彼らに会えないような気がしたが、それでも玲奈は一生忘れないだろう。ここで見せてもらった過去も、ここでもらった優しさも、勇気も。

一歩外に出てから店の扉を振り返って、もう一度深く礼をした。

月曜日、玲奈はしっかりした足取りで会社へ向かった。

少し冷たい風が頬を撫《な》でていくが、それすらも気持ちを奮い立たせる要素の一つに感じられた。

「小野崎さん、ちょっといいかな」

朝礼を済ませてすぐに自分の仕事に取りかかっていると、先輩の一人が声をかけてくる。

彼が手にした書類を見ただけで、今から言われるであろう内容がわかった。

鼓動が速くなり、手の平に汗がにじみ出てくる。

どんなに強くありたいと思っても、自分は自分でしかない。だけど土曜日、ユキヒョウの宝石店でした決意は、ちゃんと玲奈の心の中心に残っている。

一度大きく息を吸い込んで、先輩が次の言葉を紡ぐ前に口を開いた。

「すみません。今手が離せないんです」

「えっ」

はっきりした玲奈の言葉に、先輩がうろたえた様子で口をパクパクさせる。

これまでだったらきっと、彼の表情を見て怖くなってしまったはずだ。でも、今は違う。

お守りとして小袋に入れて持ってきた、あのブローチに負けない自分でありたい。

「明後日《あさって》には手が空きますので、必要でしたらその時もう一度声をかけてください」

努めて笑顔で続けると、先輩はしばらくの沈黙のあと頷いた。

「そっか、わかった。暇そうな時にでも頼むよ」

「は、はい」

想像していたよりもずっと先輩が引くのは早く、今度は玲奈が驚く番だった。

断るのは、こんなに簡単なことだったのだ。

スッと玲奈の背筋が伸びていく。今まで見ていたオフィスが、まるで違う場所のように見えてきた。

もしかしたらこれから先、やっぱり断れなくて苦しくなる日が来るかもしれない。だけど、強くありたいと思う気持ちを持ち続けていれば、自分なりの方法でいい人であり続けられるはずだ。

あの時、ユキヒョウがそう言ってくれたように。


「玲奈さん、ちゃんと一歩踏み出せたみたいだね」

お客のいない店内で、大きなルビーを目の前にしながらユキヒョウが呟《つぶや》いた。

「そのようですね」

ペンギン執事が穏やかに頷いた。

すると、ユキヒョウが耳をピンッと立てて両手を叩《たた》いた。

「記念すべきボクが店長になってからのお客様第一号！　見事にボク解決できたよね！」

深く碧《あお》い瞳を宝石のように煌《きら》めかせ、期待した様子でペンギン執事に視線を送る。しかし返ってくる視線は想像していたようなものではなかった。

一つ咳払《せきばら》いをしてから、ペンギン執事がやや呆《あき》れたように口を開く。

「まずまず、と言ったところでしょうか」

「ええ……？」

「情けない声を出すのはお止《や》めください、坊ちゃま。途中で贈り主からの言葉を忘れていただけでも、かなり減点です」

「そんなあ。ちゃんと玲奈さんを導けたのに……」

不満そうに声を上げるユキヒョウにペンギン執事はピシャリと言い放った。

「ここは『JEWELRY　LEO』。おじい様から坊ちゃまが引き継がれた、迷える方々が訪れる宝石店です。そのような腑《ふ》抜《ぬ》けた佇《たたず》まいでは、導けるものも導けなくなりますよ」

「ふ、腑抜けてなんかないよ。確かにまだじっちゃには及ばないかもしれないけど……」

「そうおっしゃるならば……」

たじろぐユキヒョウの首元にペンギンがそっと翼を伸ばし、蝶《ちょう》ネクタイの形を整えていく。

「まずは身だしなみから、もう少しお気をつけくださいませ。おじい様はお店に立たれる際、とても身だしなみに気をつけておられました。それにひきかえ今の坊ちゃまは……寝ぐせまでついているではないですか」

「えっ？　ほ、ほんとだ……ここ、はねやすいんだよねえ」

言われてショーケースのガラスで自分の姿を確認すると、確かに額の毛が少しだけはねている。

「さあ、早く準備をなさってください。次のお客様がいらっしゃいますよ」

慌てて額の毛を撫でつけるユキヒョウに、ペンギンが落ち着いた声色で言い放った。

二粒目　化石のタイムカプセル

大学のカフェテリアで、岩岡健介《いわおかけんすけ》は一人で昼食を食べていた。今日の日替わりA定食は生姜《しょうが》焼きで、一位二位を争う人気メニューだ。日替わりは毎度おいしいだけでなくボリュームもあり、味噌汁《みそしる》には野菜がごろごろ入っていて栄養バランス的にも安心だと、同じゼミの女子が話していた。

実家から通学しているとはいえ、学費や必要最低限の生活費以外は自分のバイト代で賄っている健介にとってもこれでワンコインというのは最高だ。

生姜焼きにかぶりついていると、隣の席に置いたリュックサックの中でスマホが震えた。箸を止めて上からリュックサックに手を突っ込んでみるが、なかなか見つからない。まんべんなく捜しているうちに、固くて冷たい物に指が当たる。

思わず取り出してみれば、予想通りの物が手の平に載っていた。ちょうど握りしめることができそうな大きさの、アンモナイトの化石だ。鉄のように少し艶のある鈍色《にびいろ》をした化石は、存在感がある。

アンモナイトは六千五百年ほど前に絶滅したと考えられているが、それまで三億年以上もの長い間繁栄し続けた軟体動物の一種だと小学生の頃図鑑で読んだ。あの頃は化石が大好きで、毎日のように海辺や川辺に行っては化石を探していたのだ。

じっと見つめてから、健介は大きなため息をついた。自室の棚の上の箱にしまい込んでいたはずなのに、なぜリュックサックに入っているのだろう。

これに詰まった思い出に触れたくないから、もう見たくない。

だけど、本当は自分の物ではないから勝手に捨てることもできない。

「それって、アンモナイト？」

複雑な気持ちでリュックサックの前ポケットにしまおうとした時、背後から声をかけられる。

振り返ると、いくつか同じ講義を取っているカンタがいた。本名は知らないが、皆からカンタと呼ばれているので健介もそう呼んでいる。愛想がよく誰とでもすぐ仲良くなれる彼は、自分とは大違いだ。

「違うよ、ただの石」

ポケットのチャックを閉めながら首を横に振る健介に、彼はそれ以上突っ込んではこないようだ。あとは別の話題を振れば、もう忘れてくれるだろう。

「カンタ、無機化学のレポートもう終わった？」

「ううん、まだ。岩岡は？」

目論《もくろ》み通り、カンタは人の良《い》い笑みを浮かべてこちらの話題に乗ってくれた。

「俺も。まだ取りかかってもないよ」

「なら、今日矢島《やじま》の部屋に集まってレポートやろうって話だから、岩岡も来たら？」

カンタの言葉からも表情からも、完全に善意で誘ってくれていることが伝わってきた。

ありがたいとも思うし、嬉《うれ》しいと感じる気持ちもある。

だけど、健介の返事は最初から決まっていた。

「ごめん、バイトがあるから」

「そっか。泊まりがけでやるみたいだし、もし来れそうだったらいつでも連絡して」

「うん、ありがとう」

健介が素直に頷《うなず》くと、カンタは満足そうに去っていく。

矢島と面識はあるが、それほど話したことはない。他のメンバーも顔はわかる程度の仲のはずだ。だけど、もし本当にカンタに連絡しても、きっと彼が上手《うま》いこと言って皆受け入れてくれることは予想できた。

わかっているのに、踏み出せない。

話しかけられればそれなりに話せるし、昼食を構内で一緒に食べるくらいの仲ならカンタを始めとして何人かいる。彼らに外で遊ぼうとか、飲み会に行こうとか誘われたことはたくさんあるが、どうしても健介は誘いに乗ることができずにいた。

彼らには何の原因もない。

原因は全て、自分の中にあるのだ。

全ての講義が終わり、健介は電車に揺られていた。

次で最寄り駅だというところで、リュックサックの中のスマホが震え出す。メールか何かだと思いつつ、前ポケットを開けてスマホを取り出したところで気がついた。

アンモナイトの化石がない。

慌てながらももう一度ポケット内を探ってみるが、くしゃくしゃになったレジュメしか入っていなかった。そのままリュックサックの中を全て捜してみても、やはり見つからない。

電車の床に転がったのかと空《す》いている車内を慎重に確認しても、石のような物は何一つ見当たらなかった。

背中と額に変な汗が流れてくる。焦る気持ちはあるが、冷静に昼食時からの行動を遡って思い出してみる。

午後の講義の間、スマホを三度ほど取り出した記憶がある。それ以外で前ポケットを開けた記憶はないし、ついさっきもちゃんと閉まっていた。となれば、やはり講義室で落としたと考えるべきだろう。

そこまで考えたところで、電車は最寄り駅に到着した。とりあえず車内では落としていないという確信と共に、健介は電車を降りる。

もう見たくないし、どうにか手放したいと思っていた。だけど、何度考えてもアイツの物を勝手に処分することはできなかった。

なくなったらホッとするんじゃないかと考えたことも、一度や二度ではない。今回のように、わざとではなく自然にどこかへ行ってくれたらと考えていたのだ。でも、いざなくしてみると罪悪感や後悔など、色んな感情がこれでもかというくらい健介の心の中で渦巻いている。

今考えても仕方がないと思っても、家路を辿《たど》りながら考えるのはあのアンモナイトのことばかりだ。夕方の冷たい風が全身に吹き付けて、どんどん体は冷たくなっていく。

そうしてしばらく歩いていたところでふと『探し物』という文字が目に入って、思わず足を止めた。

引き寄せられるようにしてその文字まで足早に近づくと、立て看板に『貴方《あなた》の探し物、お預かりしています』と書かれている。

アンモナイトは大学で落とした。

だから、こんなところに絶対にあるわけがない。

わかっていても、なぜだか健介はその先の扉を開けずにはいられなかった。

チリンッとドアベルが鳴って、温かい空気が健介の頬を撫《な》でていく。中に足を踏み入れれば温かさがじんわりと体を包みこみ、改めて体が冷え切っていることに気づかされる。

心地よさを感じたのもつかの間、健介はそこで動けなくなった。背後で扉の閉まる音がしても、固まったかのように前へ進めない。

ここがどんな店なのかも確認せずに入ったのが間違いだった。

派手過ぎないシャンデリアが照らす落ち着いた空間はアンティーク調でまとめられていて、その上並べられたショーケース内に飾られているのは宝石やアクセサリーに見える。

正直、大学生の健介は場違いだ。

サッと店内を見回してみると幸いにも店員の姿は見えない。

今なら出ていけると思い、踵《きびす》を返そうとした時だった。

「いらっしゃいませ」

少年のような透き通る声が響いてきて、健介は動きを止めた。

まだ声変わりをしていない少し高めの子どもの声は、明らかにこの店に不釣り合いだ。だけどその声は堂々としていて、不思議な落ち着きを感じさせる。

子どもが店内にいただろうかと声の主を探そうとしたところで、ショーケースの奥にある大きな灰色のぬいぐるみに目が止まった。大きなネコかとも思ったが、何か違う。トラのようなヒョウのような、そういう類の大型ネコ科の子どもに見える。

ふわふわの柔らかそうな灰色の毛にはまだら模様があり、耳は丸く、碧《あお》い瞳はまるで本物のように輝きがあり、吸い込まれそうなほどだ。こんな動物をどこかで見たような気がするが、子どもの姿だからか余計にわからない。

黒いベストと赤い蝶《ちょう》ネクタイを着用しているのが、妙に似合っていた。

「なにかお探しですか？」

とても精巧にできたぬいぐるみだな、と思っている健介の前で、碧い目を一度瞬《まばた》きさせてからそれが喋《しゃべ》った。

これは最新のロボットか何かだろうか。

健介が困惑していると、まるでロボットとは思えないほど滑らかな動きでそれが近づいてくる。

「あの、実は化石を捜していて」

答えてから訊《き》かれたのはそういうことではないと気づいたが、目の前まで跳ねるようにして歩いてきた大型ネコ科の子どもは気にしていないようだ。

「化石……もしかして、どこかで落としたんですか？」

むしろ心配そうに眉《まゆ》を寄せて健介を見ている。

まるで人間のような表情に、彼はもしかして本物の動物なのではと思えてきた。健介の専攻が工学だからこそ、ここまで細かな表情や動きが作れるとはとても考えられないのだ。

だが動物だとしたら、なぜ人間の言葉を喋っているのだろうか。しかも、後脚だけで二足歩行している。

こんなの、夢を見ているとしか思えない。

「はい。外の看板に『探し物』と書いてあったので思わず入ったけど、よく考えたら関係ないですよね」

よく考えなくても関係ないのに、なぜ自分はこの店に入ってしまったのだろう。だんだんと恥ずかしくなってくる健介に向かって、ネコ科の彼は柔らかく目を細めた。

「落とし物には関係ないかもしれませんが、貴方がここにいらしたことには必ず意味がありますよ」

「そうなのかな」

そんなわけないと思う反面、彼が言うならそうかもしれないと思えてくるから不思議だ。

「はい。ここは、そういう宝石店なんです」

「そういうって、どういう……？」

思わず聞き返すと、彼は微笑《ほほえ》んでから奥へ歩いていく。

「どうぞ、こちらへ」

そう言って、健介を促す。

これが人間相手ならうさんくさいと思ったかもしれないが、目の前のぬいぐるみのようなふわふわした毛の持ち主に言われると、なぜかついていきたくなる。

やはりこれは夢なのだろう。本当はもう自宅に帰っていて、寝ているに違いない。だとしたら何も考えずについていったっていいと思い、健介は歩き出す。

ネコ科動物が奥の壁にあった扉をそっと開けると、コーヒーの香りが鼻をくすぐった。

あまりコーヒーを好んで飲まないが、なんだか落ち着く香りだ。

扉の先へ足を踏み入れ、コーヒーの香りに包まれながら、健介の前を歩く彼を観察してみる。

もふもふして柔らかそうな被毛に覆われたしなやかな体は、やはり本物の動物にしか見えない。そういえば歩いているのに足音が聞こえてこないのは、ネコ科だからだろうか。

「おや、坊ちゃま。お客様をお連れですか」

「うん、コーヒーをお願い」

少し離れた場所から低くよく通る声が響いてきた。まるで舞台俳優かのような声は、空気を震わせているのが目に見えるようだ。

声の主を探してみると、カウンターキッチンの内側に黒いベストに黒い蝶ネクタイを着用したペンギンがいた。このペンギンが渋い声の持ち主なのだろうとすぐに受け入れられたのは、もちろん先にネコ科の彼に会っているからだ。

「こちらにどうぞ」

指し示されたのは丸テーブルと椅子が二脚設置された場所だった。宝石店には不釣り合いに思える家具も、まるでカフェのようなこの空間にはよく馴染《なじ》んでいて違和感がない。

すると彼も、いつの間にか手にしていた箱をテーブルに置いてから、対面の椅子に腰をかけた。

「それで、どんな化石をなくされたんですか？」

「アンモナイトの化石です。手の平に載るくらいの大きさで、鈍色《にびいろ》で、少し光沢のある感じの」

「なるほど黄鉄鉱……パイライト化したアンモナイトの化石ですね」

「パイライトって、鉄と硫黄が合わさってできる硫化鉱物ですよね？」

確か太陽電池にも使われるような鉱物で、産出時にはまるで人工物かのように多面体や立方体になっている物だったはずだ。

「はい。硫化水素が多くて酸素の少ない海底では、アンモナイトの殻の石灰成分が硫化水素や海水と反応して、黄鉄鉱へと長い時間をかけて変化する場合があるんです。つまり、そのアンモナイトが産出された地層は、当時硫化水素に富んだ海だったということですね」

「へえ！　そうなんですね」

化学は一通りやってきたが、こうして化石に結び付くことを考えたことはなかった。最近はすっかり興味を失っていた化石が、なんだかまた面白く思えてくる。

「お待たせいたしました」

ふわりとコーヒーの香りが強く漂ってきたと思ったところで、先ほどの低い声が響いてきた。

視線を動かしてみると、ペンギンが器用にコーヒーカップの載ったお盆を持っている。

そしてさらに器用に一つのコーヒーカップを健介の前に置いた。

「どうぞ、カフェオレでございます」

「ありがとうございます」

そしてもう一つのコーヒーカップをネコ科の彼の前に置く。

「ありがとう」

言うが早いか、彼は優雅にカップを持って飲み始める。一口含んで幸せそうに目を細める表情は、特にネコ好きというわけでもない健介でもかわいいと思えた。

なぜ宝石店で、しかも客でもない自分がコーヒーを出されているのかわからない。だけど目の前からの良い香りに、思わず健介の手が伸びた。

「いただきます」

カップを口に付けて一口飲んでみると、コーヒーの芳《こう》ばしい香りが口の中にブワッと広がっていく。その後で思った以上に強い苦味を舌で感じたかと思うと、次の瞬間にはミルクの優しい甘味がその上を撫でていった。

「うま……いや、おいしいです」

「恐れ入ります」

健介の呟《つぶや》きに、ペンギンはどことなく嬉《うれ》しそうな表情で頭を下げる。

「じいやの淹《い》れるコーヒーは、ブラックでもなんでも美味《おい》しいんだ」

ネコ科の彼が自慢げな顔で笑ってみせる。

じいやという言葉が引っかかったが、そういえば先ほどペンギンは彼を『坊ちゃま』と呼んでいた。つまり主人と使用人というところだろうか。

「ねえ、お腹《なか》減ってない？」

「え？」

突然問われて、健介は思わず首を傾《かし》げた。

「ボクお腹減っちゃったから、よかったら一緒に食べないかなって」

「それなりに減っていますけど……」

健介の答えにネコ科の彼が目を輝かせ、勢いよく立ち上がった。

「よかった！　じゃあ作るね！」

「え、作る？　え？」

予想外の言葉に正直戸惑いを隠せない。あのもふもふした手で、いったい何を作るというのだろう。まさか肉の塊が出てきたりしないよな、と不安になってくる。

健介の困惑をよそに、目の前の大型ネコは意気揚々とカウンターキッチンへと向かって行く。そしてこなれた様子でエプロンを着用して、ご丁寧に三角巾まで頭に巻いた。

冷蔵庫から色々な食材を取り出したあと、今は包丁を手にしている。

あの手で、包丁。

止めなくて大丈夫だろうかと内心でうろたえる健介だったが、彼の横にはペンギンが涼しい顔をして立っていた。こんな美味しいカフェオレを淹れられるペンギンが口を出さないなら大丈夫なのかな、なんて思い始めてくる。

カウンターキッチンなので手もとはよく見えないが、包丁がまな板を叩《たた》くリズミカルな音が響いてきた。大型ネコの自信に満ちた顔つきからも、手慣れているように見える。

そのうちフライパンらしきものを手にして、何かを炒《いた》め始めた。フライパンを揺する手つきやかき混ぜる手つきも、淀《よど》みがないどころか熟練度すら感じさせる。

見ているうち、少しずつ期待が胸の中で膨らんできた。動物が淹れてくれるカフェオレに、動物が作ってくれる料理。とてもメルヘンでどう考えても夢の世界だが、なんだかここは心地がいい。

やがて待ちに待ったその瞬間がやってきた。

「お待たせ！」

そう言って健介の前に置かれたお皿には、オムライスがドンと山になって載っていた。飾りつけもなく、ケチャップがかけられたシンプルなオムライスだが、それが余計に食欲をそそられる。

「さあ、食べよう！　いただきます！」

大型ネコが満面の笑みでそう言って、健介のよりは小盛のオムライスにスプーンを入れた。

「い、いただきます」

大型ネコの勢いに気圧《けお》された、というよりも食欲がわいてきた健介もスプーンを手にする。

山盛りのオムライスの卵にスプーンを入れると、思った以上に卵に厚みがある。弾力を感じながらも下のチキンライスに辿《たど》り着いたスプーンを掬《すく》い上げた。湯気と共にケチャップのほのかに甘い香りが舞い上がり、厚い卵を載せたチキンライスが顔を出す。

口に入れると、ベーコンの旨味《うまみ》とケチャップの甘味が際立つチキンライスの味が広がった後、存在感のある焼き卵の優しくも濃厚な味が溶け合っていく。そして噛《か》む度にピーマンの苦味、タマネギの甘味、マッシュルームの香りも合わさって、一つの味が完成していた。

「うまっ」

思わず声が漏れる。

「よかった！　実はこの前、知り合いのマスターに教えてもらったばっかりのレシピなんだ」

慌てて言葉使いを変えようとする健介の前で、大型ネコは自慢げに目を細めた。なんだか年下の従弟《いとこ》が自慢している時と重なって、微笑ましく思えてしまう。だけど彼は従弟ではないしちゃんと伝えるべきだ。

「すごくおいしいです」

「たくさん食べてね」

改めて口にすると、大型ネコは嬉しそうに笑った。

それから健介はとにかく夢中で食べた。かかっているケチャップがどれくらい付いたかで味の強弱がついて、大盛オムライスなのに全く飽きがこない。

気がついたらあっという間に皿の上は綺麗《きれい》になっていた。

「ご馳走様《ちそうさま》でした」

すっかりお腹が満たされた健介が一息つくと、コーヒーの香りがまた鼻先をくすぐってきた。

「カフェオレのお代わりはいかがでしょうか」

「あ、ありがとうございます」

「ありがとう、じいや」

いつの間にか近づいていたペンギンが、新しいカフェオレを運んで来てくれていたようだ。

丁寧な仕草で新しいカップをテーブルに置いてから、空になったカップとオムライスのお皿をお盆に載せていく。指のないあの翼でいったいどうやって持っているのか不思議だが、ペンギンの動作は洗練されていて危なげない。

一礼してからカウンターキッチンの方へ戻っていく後ろ姿を眺めてみると、左右に体重を移動させながらよちよちと歩いている。しかしお盆はほとんど動いておらず、体の動きに合わせてお盆の傾きを巧みに変えているようだ。

「オムライスは足りた？」

「はい、お腹いっぱいです。ありがとうございました」

尋ねられた健介が深く頷《うなず》くと、彼は満足したようにカフェオレを口に運ぶ。それにつられて健介も飲むことにする。

もうお腹いっぱいだと思っていたが、口の中に広がる苦味と僅《わず》かな甘味を迎えるだけの余裕は十分にあった。食後のコーヒーというものをこれまで意識したことはなかった健介にも、これが食事の締めになるのがなんとなく理解できてくる。

半分ほど飲んで、満ち足りた息を吐いたところで大型ネコと目が合った。

流されるがままにカフェオレとオムライスを堪能《たんのう》してしまったが、ここへ訪れたきっかけを思い出して気分が少し沈んでくる。

「そうそう、しばらくすればその化石は貴方《あなた》の元へ戻ってくるはずだよ」

俯《うつむ》いていた健介に、彼は当然のこととばかりにそう告げた。驚いて視線を上げると、大型ネコは柔らかく微笑《ほほえ》んでいる。

「だから良ければ、どうして健介さんがそのアンモナイトを大事にしてきたのか、教えてくれないかな？　お腹が満たされた今なら、少し心の内を話してみる気になってこない？」

なぜ戻ってくるとわかるのか、なぜ自分の名前を知っているのか、わからないことばかりだ。

そういえばオムライスを食べる前あたりから、なぜか丁寧語ではなくなりとても砕けた話し方になっている。しかし彼の好奇心旺盛な瞳を見ていると、こちらの話し方の方が妙にしっくりくる。

「ここには店主のユキヒョウと、執事のペンギンしかいないから、普段は話せないようなことでも話しやすいよ」

その言葉に、ハッとした。

そうだ、ユキヒョウだ。

目の前にいるこのネコ科の動物はユキヒョウだ。

ずっと思い出せなかったものが思い出せて、健介はとてもすっきりした気分になってくる。そして改めて店主のユキヒョウと執事のペンギンを観察してみた。

ユキヒョウは興味津々という瞳で健介を見ているが、嫌な気分ではない。からかうために聞こうとしていないのがわかるからだろうか。

ペンギンの方も優しい表情でこちらを見ている。じいやと呼ばれているだけあって貫禄《かんろく》があり、安心感があった。

それに、彼の言う通りお腹が満たされた今なら、落ち着いて話せるような気もしてくる。これなら話してみてもいいかもしれない——誰にも話したことのない、小学校の頃の話を。

「実は、そもそも俺の物ではないんです」

気がついたらそう切り出していた。

ユキヒョウとペンギンは黙ったまま頷き、健介の次の言葉を待っている。

「それの本当の持ち主は、小学校の時の友達です。何がきっかけか忘れたけど二年の時仲良くなって、それからクラスが別になってもずっと仲良かったんです。家も近かったし、お互い河原や海辺で化石探しを楽しんでたっていうのもあって。だけど……」

そこで健介はグッと拳を握りしめた。

言葉にするのを一瞬躊躇《ためら》ったが、ユキヒョウの碧《あお》い瞳と目が合ってここが夢だと思い出した。夢だからこそ今は吐き出してしまえと、口を開く。

「四年になった頃、友人がクラス内でいじめにあっていることに気づいたんです」

ユキヒョウとペンギンが一瞬息を呑《の》んだのが伝わってくる。

「助けたいって気持ちはあったけど、俺は特に行動しなかったんです。クラスが違うからっていうのを言い訳にして、教師に言うこともしなかった……何度か廊下で蹴《け》られているのを見た時も、目が合ったのに何もできなかった……ただただ怖くて、逃げてたんです」

いじめていた連中のよい噂《うわさ》を聞いたことがなかったのもあって、余計に怖かった。相手の方が大きい体つきだったのと複数だったのも、何もできなかった原因の一つだ。

「俺はいじめから目を背けているのをごまかすように、学校の外では友人とよく遊んでいました。それくらいしかできなかっただけなのに、俺だからこそできるんだ、なんていいように解釈して」

ユキヒョウとペンギンがジッと健介を見ている。彼らから圧は感じられず、むしろ優しさが空気から伝わってきた。

「誰かのために声を上げられるのは素晴らしいことだけど、簡単なことではないよ」

ヒゲを動かしながらユキヒョウが言う。それは彼の心からの言葉に思えた。

「きっと、ご友人にとって岩岡さんの存在は救いになっていたはずですよ」

「そうだよ。辛《つら》い時に孤独だと、もっと辛くなるから」

彼らの言葉はどこまでも優しい。だけど、健介が逃げていたのは紛れもない事実だ。それに、これから話す内容を頭に思い浮かべると、胸が締め付けられるような気分になる。

「そうだったかもしれない……でも、俺はそんな優しい気持ちでいられたわけじゃないんです。化石探しに誘ったのは俺なのに、気がついたら友人の方がはまってて、知識もコレクションも追い抜かれてた。子どもっぽいけど、あの頃の俺はそれが面白くなくて、だんだん友人がうとましく思えてきました。それで……」

そこから先を言葉にしようとして、健介は口をつぐむ。夢でも話せない自分が情けなくなった。

だが健介の言葉を待ってくれているふたりを前にすると、勇気が出てくる気がする。今言葉にしないと一生話せないような気がして、両拳を膝の上で握り自分を鼓舞した。

「それで……四年の夏休みに入ってすぐ、新しい化石を買ったと教えてくれた友人に言ってしまったんです。『どんなにコレクション増やしても、見せる相手は俺しかいないじゃん』って」

ただの嫉妬だったと今ならわかる。だけどあの時は無性に苛立《いらだ》って、嫌なことを言ってやろうと思って口にした。

「その時の友人の顔は、今でも忘れられません。悲しそうな顔なのに、笑ってた……」

すごく傷つけたんだとすぐに理解した。それなのに、ごめんと言えなかった。

「気がついたら、友人は走り去ってました。追いかけようか迷ってたら、彼が大事にしていたアンモナイトの化石が落ちていることに気づいたんです。すぐに仲直りして返せると思っていたのにそこからずっと会えなくて、夏休み明けに友人が転校したことを知りました」

「え!」

健介の言葉に、ユキヒョウが驚いた声を上げた。

「もしかして、それからずっと会えてないの?」

「はい……」

自然と声は暗くなる。

「担任とかに聞けば、もしかして連絡先を教えてくれたかもしれない。でも、本人から教えてもらえなかったことがすごくショックで、どうしても訊《き》けませんでした」

友達だと思っていたのは自分だけだったのかもしれないと思うと、とにかく辛かった。

「確かに、それはショックが大きいね。もしかしたら訊いてもプライベートを尊重して教えてもらえなかったかもしれないけど……」

ユキヒョウが深く頷きながら言う。それを言うならプライバシーだと思ったが、些末《さまつ》なことだと思って流すことにした。

「それから、誰かと深く付き合うのが怖くなったんです。また大事なことを教えてもらえなかったらってのはもちろんだけど、もしかして無意識に誰かを傷つけているのかもって考えたら、とにかく怖くて……」

中学でも高校でも、それなりに仲の良《い》いクラスメイト達はいた。だけど彼ほど信頼できた相手はいない。自分から壁を作って相手に踏み込ませないのだから、当然だ。

もしきちんと友人に謝罪できたら、前に進めるのだろうか。

「健介さんはとても真面目なんだね」

カフェオレを飲み干したユキヒョウはそう切り出し、ずっとテーブルに置かれていた箱を手に取った。そしてふわふわした手で器用に箱の留め具をパチンと開けてから、ゆっくり蓋《ふた》を開いていく。

「これ、なんだと思う？」

健介に見やすいように箱を回して、ユキヒョウはどこか楽しそうに尋ねてくる。

中に入っていたのは、手の平にぎりぎり載る大きさのアンモナイトの化石のように見えた。渦巻いている殻はアンモナイトの形に限りなく似ていると思うのに確信が持てないのは、それが青、赤、緑、その他の色もあって、虹色に輝いているからだ。

ユキヒョウの腕がわずかに動くだけで、様々な色に変わっていくようだ。

「アンモナイト……ではないんですよね？」

健介の答えに、ユキヒョウは満足そうに頷いた。

「アンモナイトだよ。白亜紀後期に生息していたアンモナイトのうちの三種が化石になる過程で、殻の表面のアラゴナイトと呼ばれる真珠と同じ物質が、地質や圧力に影響を受けてできあがった化石宝石。それがこのアンモライトなんだ」

「アンモライト……化石宝石……」

説明を受けてからもう一度よく見ると、やはり形はアンモナイトそのものだ。けれど角度でも光でも変わる多彩な色合いは、宝石と言われれば納得するしかない。

「健介さんがなくしたパイライト化したアンモナイトの化石、そして宝石になったアンモライトの化石、その他の色んなアンモナイトの化石……それぞれアンモナイトでありながら、化石化する際の周囲の環境によってその性質は大きく変わるんだ」

確かにアンモライトと健介の持っていた化石とだけ比べても、全く違う。他にもアンモナイトには白っぽい化石もあれば、茶色っぽい化石もある。同じ種類のアンモナイトでも、色味が違うことだってあるくらいだ。

「健介さんは間違ったことを言ったとしても、それをきちんと受け止めて反省してきた。だから、貴方の心は宝石に育っているんだと思う」

「俺の心が？」

そんなわけないと続けようとした時、ユキヒョウの碧い瞳と目が合って一度口を閉じた。だけど、自分の心は宝石になんてなれるはずがない。そんな人間ではないのだ。

「納得できない気持ちもわかるけど、ボクはそう思うよ」

「でも、俺は……」

今度は声が出た。そのままの勢いで健介は言葉を紡いでいく。

「結局謝れていないし、ずっと後悔しかないんです」

「それで、いいんじゃないのかな」

掠《かす》れた声で続けた健介にユキヒョウは柔らかく微笑んだ。

「友達にとって一番嫌なのは、健介さんが気にしなくて忘れていることだと思うよ。それに……」

「坊ちゃま、こちらを」

ユキヒョウの言葉を遮ったのは、いつの間にか席を外していたペンギン執事だった。その翼から小さな封筒が差し出されている。

受け取ったユキヒョウが丁寧に開封し、中からカードを取り出す。

「うん、やっぱり！」

目を輝かせたかと思うと、その瞳で健介を真直《まっす》ぐ見つめてきた。

「三日後に健介さん宛の贈り物が届くんだ。だからぜひまたここ『JEWELRY《ジュエリー》 LEO《レオ》』に来て欲しいな。きっと貴方《あなた》に素敵な出会いが訪れるはずだよ」

あの宝石店を訪れてから、今日で三日経《た》つ。

気がついたら自室のベッドで寝転がっていて、結局夢だったのか現実だったのか健介は今でも決めかねている。話すユキヒョウとペンギンがいる時点で、夢で間違いないはずだ。なのに現実だと思いたくなるのはなぜだろう。

「あ、岩岡！」

カフェテリアでぼんやり宝石店について考えていた健介は、自分を呼ぶ声に気づいて顔を上げた。

少し先から人懐こい笑顔のカンタがこちらへ向かってくる。

「よかった、捜してたんだ」

「俺を？」

捜される理由が思い当たらずに首を傾《かし》げると、カンタが笑顔のまま大きく何度も頷《うなず》いた。どこか大げさにも思えるような仕草だが、彼がやると自然に受け入れられるのは人徳だろうか。

心に宝石が育っているのは、こういう人間であって自分ではない。

「これ、岩岡のだろ？　違う？」

そう言って差し出されたのは、アンモナイトの化石だった。ちょうど握りしめることができそうな大きさで、鉄のように少し艶のある鈍色《にびいろ》をしたあの化石だ。

「なんで……」

驚きと嬉《うれ》しさとで混乱して、掠れた声で出てきたのはそれだけだった。視線を上げると、カンタが「やっぱり」と言って笑っている。

「昨日、たまたま講義室で見つけて。前に岩岡が持っていた物かはわからなかったけど、なんかそんな気がして、事務局に届ける前に確認してみようと思ってたんだ」

「あり、がとう」

まだ困惑しながらも、なんとか声を振り絞って礼を述べる。

自分の罪の証《あかし》であり、大事な友達からの預かり物であるそれは、受け取ってみると以前よりずっしりと感じられた。だけど、握りしめると慣れた感触がそこにあった。

「大事なものだったんだな」

健介の様子を見て、カンタはニコリとしながら言う。

これまでだったら否定していたかもしれないが、そういう気分にはなれなかった。

「うん。拾ってくれてありがとう」

「どういたしまして」

素直に答えてからふと思い出した。

ユキヒョウは三日後、つまり今日にまた来てくれと言っていたが、それはこの化石を見つけてくれるからだと勝手に思っていた。だけどカンタが見つけてくれたということは、いったいなぜ今日呼ばれているのだろう。

確か贈り物が届くとも言っていた。でも誰かに何かを贈られるような覚えなんて何もない。

「どうかした？　もしかして、欠けてた？　悪い、一応丁寧に扱ってたつもりなんだけど」

アンモナイトの化石を握りしめたまま固まっている健介に、カンタは不安そうに声をかけてくる。

「い、いや、大丈夫。これが少し欠けているのは元々だし……ただ……」

言いかけて、どう説明したものかと考えてしまう。まさかユキヒョウや宝石店について話すわけにもいかないし、かと言って心配してくれている相手に適当なことを言うのも憚《はばか》られた。

「この化石をなくした時相談した人……えっと人というか……とにかくその相手と会う約束していたんだけど……見つかったからどうしようかと思って」

色々ぼかしてみたが、カンタは納得したように頷いた。

「そっか。よくわからないけどそれだけ大事な物が見つかったんだからさ、連絡だけで済ませるより、それを持って行ってみせるのもいいかもよ」

ニコニコしながら言われると、なんだかそれが一番よい案のように思えてきた。

夢か現実かも曖昧なら、実際に行ってみて確認すればいい。その上でまたあの宝石店に辿《たど》り着けたなら、あれだけ親身になってくれたお礼だけでもしてこよう。

「うん、そうだな……重ね重ねありがとう、カンタ」

深く頭を下げて礼を言うと、カンタは相変わらずの人懐こい笑顔と共に軽く肩を叩《たた》いてきた。

「そんな畏《かしこ》まるなって。友達なんだからさ」

いつもだったら受け入れられない言葉がすんなりと心に染み入ってくると同時に、泣きたくもなってきた。

「でも、本当に助かったからさ」

涙を堪《こら》えながらいびつな笑みを浮かべてみると、カンタがどこか少しいたずらっぽい顔で健介を見てくる。

「そんなに感謝してくれるならさ、今度レポートやる時一緒にやってくれよ。前、教授が健介のレポート褒めてたし、やり方教えて欲しいんだ」

「わかった」

おどけたように言われて、気がついたら健介は笑顔で頷いていた。

実際にカンタとレポートを書くかどうかはわからない。だけどずっと立ち止まっていた自分も、少しは踏み出せるようになるのだろうか。

手を振りながら去っていくカンタを見送っていると、手の中のアンモナイトの化石がやけに冷たく感じられた。すると、途端に全身が冷えてくる。

少し浮かれそうになっていた心が急速にスーッと冷めていき、過去の自分のやったことが頭の中で駆け巡っていく。

何を勘違いしていたのだろう。

自分は人に踏み込んでいい存在ではない。そんなことをしたら、また誰かを傷つけてしまう。

大きく息を吐き出しながら、鈍色に艶めく化石に視線を落とした。

あれから少し調べてみたところ、パイライトは昔見た目で金と間違えられたことから『フールズゴールド』、つまり愚者の金と呼ばれていたらしい。

まさに自分にはお似合いだと思いながらも今度は落とさぬよう、健介はしっかり化石をリュックサックにしまい込んだ。


全ての講義が終わり、健介は最寄り駅から自宅に向かって歩いていた。

カンタに言われて宝石店に行こうと思っていたものの、やっぱり怖気《おじけ》づいてしまったのだ。考えれば考えるほど『贈り物』には心当たりがなく、ただの聞き間違いだった気がしてくる。

明確な約束をしたわけではないが、連絡先がわかれば断りを入れてそれで終わりにしたい。だが、その連絡先がわからない。

気がついたらあの路地の入り口に辿り着いて、健介は足を止めた。恐る恐る覗《のぞ》き込んでみると、三日前と同じ立て看板が置かれている。

吸い寄せられるようにして近づいていくと『少し前に進める宝石と、美味《おい》しいコーヒーあります』と書かれていた。宝石とコーヒーってどんな組み合わせだと思うが、先日のあのカフェオレを思い出すとこう書く気持ちもわかる。

前回は気がつかなかったが、ショーウィンドウにユキヒョウやペンギンの置物がある。どちらにも目にはくぼみがあり、宝石があとからはめられるようにも見えた。

今度は上を見上げてみると、看板に『JEWELRY LEO』と灰色がかった青で書かれている。間違いなく、ここはあのユキヒョウ店主とペンギン執事のいる宝石店だと確信が持てた。

まだ迷いはあったものの、また辿り着けたことでの安堵《あんど》感や興奮などもあり、ついドアノブに手をかけていた。

ドアベルがカランッと鳴り、温かく柔らかい空気が健介の頬を優しく撫《な》でた。

「いらっしゃいませ」

ユキヒョウの澄んだ声が耳に届くと、まだ残る緊張も解《ほど》けていく気がする。

「あ、健介さん」

店の奥から歩いてきたユキヒョウが、健介に気づいて嬉しそうに耳をピンッと立てた。相変わらず、何かの宝石かとも思えるほど彼の碧《あお》い瞳はキラキラと輝いている。

「あの、実はなくしてたアンモナイトの化石が見つかりまして」

「わあ！　よかったね！」

健介の報告にユキヒョウは跳び上がって、自分のことのように喜んでいる。彼が飛び跳ねるたび太くて長い尻尾も一緒に上下するので、つい見入ってしまう。

「今日はその報告にだけ……」

そう言って出ようとしたところで、ユキヒョウが軽やかにジャンプして健介の真横までやってくる。こんなに大きい体でも音のない着地ができるのは、さすがネコ科だ。

驚いている健介の腕をユキヒョウが優しく摑《つか》んだ。

「健介さんへの贈り物、届いてるよ。奥で渡すね」

瞳を輝かせて、ユキヒョウは健介の腕を引きながら歩き出した。優しく摑まれているはずなのに有無を言わさないような圧を感じて、仕方なく促されるがままついて行くことにする。

奥の扉の中へ足を踏み入れると、コーヒーの華やかで芳《こう》ばしい香りが一気に鼻腔《びこう》に流れ込んできた。

「いらっしゃいませ、岩岡様」

カウンターキッチンの奥からペンギン執事が綺麗《きれい》に頭を下げるので、健介も会釈を返す。

「この前の席に座ってて。すぐに持ってくるから」

「え、あ、はい」

ここまで来たら、もう贈り物とやらを見た上で心当たりがないことを伝えようと腹に決めて、健介は前と同じソファに腰を下ろすことにした。

すぐにコーヒーの香りが今までよりもずっと強く鼻先に届いて顔を上げると、いつの間にかペンギン執事が目の前に来ている。

「よろしければ、こちらペンギンブレンドです」

テーブルに置かれたのはブラックコーヒーだった。あまり飲んだことはないが、先日のカフェオレのおいしさを思い出すと挑戦してみたくなりカップに手を伸ばす。

「それじゃあ、いただきます」

カップを口元まで近づけると、立ち上る湯気と共にますます香りが増してくる。

一口含んだ途端、わずかだが嫌味のない酸味が口の中に広がった。まろやかな口当たりの中で酸味がスッと消え、今度はしっかりした苦味がやってくる。最後に口から鼻にどこかダークチョコレートを思わせるような香りが抜けていった。

「うまっ……あ、おいしいです」

ブラックと言えばただ苦いだけのものだと思っていた健介は、驚きながらもそう口にしていた。爽やかな酸味と程よい苦味、そして香りがこんなにも調和を創り出すなんて初めての感覚だ。

「恐れ入ります」

どこか嬉《うれ》しそうな表情でペンギン執事が頭を下げる。ペンギンブレンドと言っていたし、彼がブレンドしたコーヒーなのだろうか。

「お待たせ！」

半分ほど健介がコーヒーを堪能《たんのう》したところで、ユキヒョウが半ばスキップをするようにして戻ってきた。スキップでもあの太い尻尾はぴょこぴょこと揺れていて、なんだか癖になりそうだった。

「これが、健介さん宛の贈り物だよ」

差し出されたもふもふの手には小さな木箱があった。細かな装飾が施された木箱はなんだかとても魅力的に見えてつい手を伸ばしたくなるが、体を動かす前にグッと堪えた。

「あの俺、本当に心当たりがないんで、多分間違いだと思います」

はっきりと言葉にしたら、今度はユキヒョウが気を悪くしたのではないかと心配になってくる。

だが健介の心配に反して、ユキヒョウはふわりと笑いかけてきた。

「ううん。これは間違いなく、健介さん宛のものだよ。さあ、化石からのメッセージを受け取って」

言いながら健介の右手を握り、ゆっくりと持ち上げてから木箱を優しく手の平に置いた。

ユキヒョウの手がまるでぬいぐるみのように柔らかい――と思った健介の視界が、急に真っ白に染まっていく。

慌てた時にはもう意識を手放していた。


視界が戻ったと感じた瞬間、健介は慌てふためいた。

体が宙に浮いている。

だが慌てて体を動かしても何も動かない。

確認しようとしても自分の手も、足も、体も何も見えない。

どうなっているのか困惑したが目下に広がっている景色を見て、そこがどこかはすぐにわかった。

小学生の頃によく遊んだ河原だ。友達と一緒に化石を探していた思い出の場所を、なぜか上から見下ろしている。自分はさっきまで宝石店にいたはずなのに、いったいどうなっているんだろう。

困惑している健介のすぐ下には、二人の少年がいる。

その少年達が誰かも、すぐにわかった。小学四年生の頃の自分と、あの友人だ。二人ともキャップを被《かぶ》り、平《ひら》タガネと金槌《かなづち》で次々と石を割っている。

「これも外れか……最近あんまり見つからないよな」

小学四年生の健介が不満そうに口を尖《とが》らせた。

「だいぶこの辺取りつくしたのかも」

「確かに。俺たち何年もここに通ってるもんな」

友人の言葉に健介は大声で笑った。

「海の貝だまりの方がまだ埋もれてるかもね」

「あっちは本当、まだまだありそうだよなあ。サメの歯はなかなか見つからないけど」

海岸の一角に下の砂が見えないくらいに貝殻が集まっているのだが、そこではたまにカニの化石やサメの歯の化石が見つかるのだ。

「前にケンが貝だまりで見つけたサメの歯は、結構大きかったよね」

「青白くてカッコいいヤツな！　俺の一番の宝物だぜ」

そうして話しながら石を割っていく光景を見て、懐かしさで胸が締め付けられる。あの頃はこんなに笑って友人と話せていた。テレビで何を見たとか、ゲームでどの面をクリアしたとか、そんな話でいくらでも盛り上がれていた。

「あ！　これカニだ！」

健介が大声を上げて、拳よりも大きい石を掲げた。その中央にはカニの胴体部分にも見える姿が模《かたど》られている。

「久しぶりの大物だ！」

喜びながら健介は友人にその石を見せつけた。

「ほら、見ろよ。どう見てもカニだよな！」

じっくりと観察した友人は、小さく首を振る。

「これ、葉っぱの化石が欠けただけだよ。ここが葉脈じゃない？」

友人に指でなぞりながら説明され、健介はサッと石を後ろ手に隠した。

「いいんだよ！　これはカニなんだ！」

「そっか……ごめん」

この後家に持ち帰って必死に観察してわかったのは、この時の友人の説明が正しかったということだ。だけどあの時の健介にはカニにしか見えなかったし、せっかく喜んでいたのに水を差されたようで腹立たしかった。

二人はそれから黙ったまま石を割っていたが、ふと友人が顔を上げた。

「あ、あのさ、ケン」

「なんだよ」

何かを言おうとしていた友人が、迷ったような顔をして一度開いた口を閉じた。そして必死に笑顔を作ってまた口を開く。

「……えっと……そうそう、この前新しい化石を買ったんだ」

その一言に健介の腕が止まる。

友人は一人っ子なのもあり、健介よりもずっと小遣いを貰《もら》っているようだった。だからミネラルショーのようなものに行って、化石を買ってもらうことも多かったのだ。

今になって考えると、いじめに遭って元気のない友人を元気づけるためだったのかもしれない。だけど当時の健介はそんな風に考えもしなかった。

「モササウルスの歯の化石でさ、思った以上に大きくて……」

「そんなにコレクション増やして、どうすんだよ」

楽しそうに話す友人の言葉を、健介が低い声で遮った。友人は困惑した顔を健介に向けている。

「だってお前、俺以外友達いないだろ。そんないっぱい集めたところで、誰にも見せられないじゃん」

そう言った健介はどこか勝ち誇っていて、見ていて気分が悪くなる。

友人は泣きそうなのに無理して笑顔を作ったような表情で、スッと立ち上がった。

「な、なんだよ」

文句でも言われるかと思って身構える健介の前で、友人はグッと拳を握る。そして、俯《うつむ》いたまま彼は荷物を手に走り出した。

「お、おいっ」

健介の呼びかけにも答えず、友人はそのまま走り続ける。

五分ほど走ったところで、泣きそうな顔で走り続けた友人が家の前で足を止めた。少し躊躇《ためら》ったあと、息をきらしたまま静かに扉を開けて家に入っていく。

「おかえり。健介君にはちゃんと話せた？」

奥の部屋から出てきた友人の母親は、記憶のままの姿で笑いかけている。友人は黙ったまま俯き、それで母親は悟ったように眉《まゆ》を寄せた。

「話せていないの？　もう来週行くのに……」

彼女の言葉を証明するかのように部屋のあちこちには段ボールが積まれていて、引っ越しまでそう日がないことがわかる。

友人は何も言葉にしないまま、二階の自室に向かって階段を上がっていく。

扉を静かに閉めてから、彼は床に崩れるように膝をついた。

「ごめん、健介……たった一人の友達なのに、ちゃんと話せなくて……」

誰に向かっての言葉でもないそれは、荷物の減った室内に響く。

「だけど、さよならは言いたくない……」

肩を震わせている彼はきっと泣いているのだろう。

そう思ったところで健介の視界は再び白く染まっていった。


気がつくと宝石店で木箱を手にしたまま立っていた。

目の前ではユキヒョウが優しい瞳で健介を見上げている。

「今のは……」

「贈り主が健介さんに見せたかった記憶だよ」

困惑する健介に、ユキヒョウが笑いかけた。

「贈り主って、じゃあこれを俺に贈ってきたのは……」

言いながら視線を落とすと、いつの間にか木箱が開いている。中には五センチメートル以上の大きさで青みがかった灰色をした化石が入っていた。

「うん、健介さんのご友人だよ。それが何かはわかるよね？」

訊《き》かれて、健介は深く頷《うなず》いた。

「サメの歯の化石ですね。それもかなり状態がよくて、多分古代種の……」

あの頃ずっと欲しいと思っていたサメの歯を、食い入るように見つめた。くすんだ水色をした歯は艶めいていて、両端は鋸《のこぎり》のように細かなギザギザがある。

「それは六千万年前から二百六十万年前に生息していた古代のサメ、オトドゥス・アングスティデンスの歯の化石だよ。体長は九メートルもあって、小型の鯨類を主食としていたと言われているね。あの有名な巨大ザメ、メガロドンの祖先だとされているらしいよ」

「九メートル、だからこんなに歯も大きいんですね。すごいや」

感慨深くサメの歯を見てから、健介は顔を上げた。

「でも、なんで友人がこれを俺に贈るんですか？」

素朴な疑問だった。彼が健介を友達だと思っていてくれたのはわかったが、今これを贈られる理由がわからない。

これほど状態のよい大型サメの歯の化石は価値が高く、大学生になっているだろう友人が気安く買えるようなものではないはずだ。

「サメの歯は、古来より幸運のお守りと言われているんだ。それから、サメの歯は何度も何度も生え変わることから、再生という意味も持つんだよ」

ユキヒョウの言葉で健介にもだんだんと友人の気持ちがわかってきた気がした。

彼があれからどのように過ごしたのかはわからない。もしかしたら友達がたくさんできて楽しい日々を過ごしているかもしれないが、それでも友人はまだ健介を友達だと思ってくれているのだろう。

「ご友人はね、ずっと健介さんにお礼を言いたかったんだって。健介さんは覚えていないかもしれないけど彼がいじめられている時、誰かと話しているふりをしたり大きな音を立てて人の存在を知らせて、助けてくれたことがあったって聞いたよ」

言われてみれば、そんなこともやったかもしれない。だけどそれは、飛び出していく勇気がなかっただけだ。ただの意気地なしの悪あがきだった。

「誰かが気にかけてくれているという事実だけで、人は強くいられるものですよ」

ペンギン執事が穏やかに微笑《ほほえ》みながら続けた。

「ご友人はきっと強くありたかったのです。彼が大事にしていたアンモナイトの化石も、気力や元気を与えてくれるお守りだったのではないでしょうか。化石には、そういう力があるとも言われていますから」

どれほど友人の力になれたかはわからないが、それでも、少しでも彼が強くいられる要因になれていたと信じたい。

ペンギン執事の言葉に心からそう思っていると、ユキヒョウがどこかすねたように口を尖らせた。

「なんかまた、じいやにいいところを持っていかれたような……」

呟《つぶや》いてから、ユキヒョウは気を取り直すように咳払《せきばら》いを一つした。

「ご友人は今アメリカにいるけど、近いうちに日本に戻ってくるんだって。その時にぜひ会いたいって伝言も預かっているよ」

「……また、あの頃みたいに話せるかな」

会いたいと思ってくれるのは嬉《うれ》しいが、ただでさえ友達付き合いをおろそかにしていた健介は、久しぶりに会う友人とどう接していいのかわからない。自分だって相手だって変わっているはずだし、あの頃のようになんて話せるわけがない。

不安がどんどん大きくなってくる健介に、ユキヒョウは柔らかく目を細めた。

「化石は、気が遠くなるほど長い年月をかけて形成された、いわばタイムカプセルのようなものでしょ？　地質の影響によって化石の色や質は変化するかもしれないけど、たとえばもともとそれがサメだったり、アンモナイトだったりした事実は変わらないよね。別れた時がどうであれ、それからどれくらい日が経《た》っていようが、きっと二人が再会した時にはタイムカプセルを開いたかのように、共に楽しく過ごしたっていう事実をもっと思い出せるはずだよ」

澄んだ声で紡がれた言葉には、妙な説得力があった。心の中の不安が不思議と軽くなってくる。

箱の中のサメの歯を手に取ってみると、ひんやりと冷たい。だけど先ほどのように全身が冷えたりはしなかった。むしろ程よく冷えていて心地よさすら感じられる。

心の持ち様でこんなにも感じ方が変わることに驚きつつも、今なら前向きになんでも受け止められるような気がしてきた。

「次会った時に一度ちゃんと謝って、それからあの時止まってしまった友情を再生してこようと思います」

健介が決心を口にすると、ユキヒョウとペンギン執事が顔を綻ばせた。自分のことでもないのに喜んでくれているのが伝わってきて、心が温かくなった。

「きっとうまくいくよ」

もしも再会する直前で怖気《おじけ》づいても、ユキヒョウの言葉が背中を押してくれるだろう。

そんな確信と共に、健介は宝石店をあとにした。

「無事に再会できたようですね」

閉店作業の終わった店内に、ペンギン執事の低く渋い声が響いた。

新しくやってきた宝石を一つ一つルーペで覗《のぞ》き込んでいたユキヒョウは耳をピンッと立て、嬉しそうに何度も頷く。

「うん、ちゃんとあの時のお互いの気持ちも話せたみたい。本当によかったよ」

ふさふさの尻尾を左右に揺らしてご機嫌なのは、健介の件も上手《うま》くいったからだ。こうして誰かの道しるべになれることこそ『JEWELRY LEO』の存在意義だ。

「じいやには、健介さんみたいに特別な友達っている？」

尋ねてみて、ユキヒョウはすぐに気がついた。

「訊くまでもなかったね。いつもコーヒー買っているし」

「あれは友達ではありません」

ショーケースのガラスを丁寧に拭き上げていたペンギン執事は手を止め、小さく首を振っている。

「腐れ縁と言うのです」

「ええ！　でもこの前『あれほど分かり合える相手はいない』みたいなこと言ってなかった？」

ユキヒョウがからかうように言うと、ペンギン執事が咳払いを一つした。

「それよりも、いつまで宝石を見ているおつもりですか？　店じまいしたとはいえ、やるべきことは宝石のチェックだけではないはずです」

「そ、それは、ほら、だってこのエメラルド、固体、液体、気体の三相インクルージョンがすっごくきれいなんだよ！　これこそがエメラルドが形成されるまで急激な地質環境の変化に……」

うろたえながらも饒舌《じょうぜつ》に語るユキヒョウをペンギンがジッと見やる。その眼光は鋭く、まるでまだ柔らかい被毛がチリチリと焼かれてしまうかのようだ。

この視線を前にして、まだ宝石を見ていられるほどユキヒョウの心は強靱《きょうじん》ではない。それなら、苦手な掃除をする方がよっぽどマシだった。

「さて、掃除しようかな！」

ごまかすようにして大きな声を上げ、ユキヒョウは掃除用具入れからモップを取り出した。

三粒目　エメラルドと幸せの形

「そうちゃん、行ってくるよ」

石原花音《いしはらかのん》はそう言って、もうすぐ二歳になる弟を抱きしめた。

「ねぇね、らしゃ」

つたない言葉と満面の笑みで弟が返してくれる。それだけで心が温かくなって、花音からも笑顔がこぼれていく。

「あーそうちゃんと離れたくない」

柔らかな弟の頬に自分の頬を寄せると腕の中の彼は嬉しそうに「きゃっきゃっ」と声を上げ、また幸せな気分で満たされていく。

生まれた時はふにゃふにゃしていて、自分が触ったら壊してしまうんじゃないかと不安だった。でも父親もママも大丈夫だよと何度も言ってくれたから、勇気が持てた。

その頃よりはずっと重くなったけど、今では抱っこだって手慣れたものだ。

「のんちゃん、そうちゃん見てくれるのは嬉しいけど、もう出た方がいいんじゃない？」

キッチンから出てきたママが、優しい笑顔で声をかけてくる。

「わかってるんだけど、つい……」

言ってから、花音はもう一度ギュッと弟を抱きしめた。

いつもと同じお日様みたいな匂いと柔らかい感触に、安心する。

「よし、お姉ちゃん行ってくる！」

腕をゆっくり離してから立ち上がると、花音と入れ替わるようにしてママが弟を抱き上げた。

それから花音は飾ってある写真に手を合わせ心で行ってきますを言い、ランドセルを背負って玄関に向かう。

「気をつけてね」

「はーい。行ってきます！」

「行ってらっしゃい」

「らしゃー！」

玄関を出る花音にママと弟が手を振って送り出してくれる。もちろん父親が仕事に行く時は見送る側に花音も加わるのが、石原家の日常だ。

今日も楽しい一日の始まりだ、と花音は跳ねるようにして学校へ向かった。

花音のクラス五年一組は、朝から理科の時間で『もののとけ方』という実験をした。普段あまり考えずに粉を溶かしていたけど、食塩水は塩を入れただけ重くなるとか、言われるとなんとなくわかることも実験をすると納得できるから不思議だ。それと、顕微鏡で覗き込んだ世界は、知っているものがまるで知らない物に見えて本当に楽しかった。

中休みのあとは図工だし、給食はカレーだし、今日は楽しいことばかりだな、とわくわくでいっぱいだ。

中休みが終わって図工の時間は、箱を作ろうというテーマだった。

「ねえ、どんなの作る？」

どうせなら弟が喜ぶものにしたいな、と立方体の図面を引き始める花音の横で女子が話し始める。

「あたしのママもうすぐ誕生日だから、プレゼントにする！」

「それいいね！　私もそうしようかな」

「えー、うちのママの誕生日終わっちゃったんだけど」

一人の子がどこか誇らしげに言うと、皆も口々に続く。

なるほど、誕生日プレゼントっていう案もあるんだな、と考えながらも、花音はもう弟の好きなお魚の箱にしようとしか思えなくなっていた。

「ねえ、花音はどうするの？」

わいわい盛り上がっていたクラスメイトの一人が、何気なく訊《き》いてくる。

「私は……」

「ちょっと！　やめなよ！」

答えようとした時、一年生の時からクラスが一緒の女子が割って入ってきた。花音も質問してきた子も驚いて目を丸くさせていると、その子は大きな声で続ける。

「花音ちゃんにママはいないの！　そういうの訊いたらかわいそうでしょ！」

それは下手すれば教室全体に響くほどの大きな声だった。事実、ほとんどのクラスメイトが黙ってその女子に注目している。

「どうした？　何かあったのか？」

図工の先生が教室の後ろの騒ぎに気づいて、こちらに向かってくる。

困ったな、と花音は思う。

この子の言っていることは間違いじゃないけど、正しくもない。隠しているわけでもないけど、あえて自分から話してもいない。

「気にしなくて大丈夫だよ」

とりあえず、目の前の質問してきた女子には笑いかけておく。

「あの、でも、ごめん。何も知らなくて……」

「いいよ、私も言ってなかったし」

「うん……」

なるべく優しい声で、優しい笑顔で言ったつもりだけど、暗い顔をさせてしまった。だから嫌なんだよね、と思ったけどしょうがない。

「ランちゃんもありがとう、気にかけてくれて」

花音の対応に少し不満そうに頬を膨らませている女子にも声をかける。先ほど質問に割って入ってきた子だ。

「花音ちゃん、無理しなくていいんだよ！」

そんなことを言われても、別に花音は無理なんてしていない。でも反論してこの話を引き伸ばすのは嫌だ。時間は決まっているんだし、早いところ終わらせて弟の喜ぶような物を作りたい。

「ありがとう」

「ほら、皆席に戻って作り始めて」

花音が笑顔で言ったところで、ちょうど近くまでたどり着いた先生が手をパンッと叩《たた》く。

それを合図に立っていた生徒たちは自分の席に戻っていった。

とりあえずおさまったけど、きっとあとでまたこの話になるはずだ、と思うと花音は憂鬱でしかたない。どんな言葉、どんな表情、どんな声で言えば皆忘れてくれるんだろう。

気分はすっかり落ちたけど目の前の工作用紙をジッと見て、弟の顔を思い出す。どんな色、どんな魚、どんな形にすれば弟は喜んでくれるんだろう。

そこまで考えれば口角は自然に上がっていった。


学校から一度帰宅して弟とママと一緒におやつを食べて、塾へと向かいながら花音は一度ため息をつく。

ママに『学校楽しかった？』と訊かれた時は一瞬困ってしまった。図工の時間が終わったあとの昼休み、色んな子に家の事情を訊かれたのだ。

隠すことではないから当たり障りなく話したけど、皆がなんとも言えない表情をしていた。ランちゃんは『だから言ったでしょ』と言わんばかりの顔でそれを見ていた。

ママにはこんな話はしたくない――そう思っていたらずいぶん早く家を出ていたらしく、塾には一番乗りだった。

「菅田《すだ》先生、こんにちは」

授業開始二十五分も前なのに、もう担当の先生は教室で座っていた。よく見ると、他のクラスの丸付けをしているらしい。

「石原さん、こんにちは。ずいぶん早いね」

「今日はちょっと……考え事があって」

算数の担当の先生は菅田先生という、男の先生だ。優しいけどダメなことはダメと注意してくれるし、暇な時はどんな話もできるから、ほとんどの生徒から好かれている。

もちろん花音も、もしお兄ちゃんがいたらこんな感じかな、と思っているくらい好きだ。

「だから暗い顔なんだ」

「え、やば。ママにもわかったかな……」

指摘されて、花音は思わず両頬に手を当てる。

ママの前では普段通りにできていたはずだと信じたい。だけど完璧でなかったらどうしようと不安になってくる。

「大丈夫だよ。石原さんも自分を隠すの上手だから」

「そうかな？　ならいいんだけど……」

菅田先生が言うなら、多分大丈夫なんだろうと思えてくる。

この先生はあまり嘘《うそ》を言わない、というより嘘が嫌いらしい。なんでかを前に訊いたら、一生に一度の嘘をついたからこれからはもう嘘をつかないで過ごすんだと言っていた。まだまだ人生長いのに嘘をつかないでなんていられるのかな、と思わないでもないけど、菅田先生ならできるのかもしれない。

「なんかさ、皆が私をかわいそうだって言うの」

「それは、石原さんのお家《うち》のことで？」

先生には何度か話したことがあるから、当然もう知っている。

今いるママは本当のママではなくて、お父さんが再婚してママになってくれた人だってこと。

弟の蒼佑《そうすけ》はママとお父さんの子どもで、自分とは半分だけ血が繋《つな》がっているってこと。

それから、本当のお母さんは自分が五歳の時に亡くなってしまったこと。

「お母さんが死んじゃったのは悲しいよ。今だって会いたいって思うよ。でも……今は今で幸せっていうのはダメなの？　私は笑ってちゃダメなの？」

「なるほどね」

丸付けが終わったのか、菅田先生がプリントを集めてトントンと机で揃《そろ》えた。それを封筒にしっかりしまって鞄《かばん》に入れてから、花音に向き合う。

「人はね、自分の物差しでなんでも測ろうとするんだよ」

自分の物差しってなんだろうと首を傾《かし》げる花音に、菅田先生は続けた。

「自分が思っている答えに全てを合わせようとする人が、本当に多いんだ。周りは目に見えてわかることでしか判断しないからね。君が幸せだと言っても、状況だけでかわいそうだと勝手に判断されることは今後もあると思う」

なぜだか、菅田先生の言葉にはとても重みがあった。

花音への言葉なのに、まるで自分にも言っているみたいだ。

「先生も、何かそういうのあるの？」

思わず尋ねると、先生は優しい笑みを浮かべた。

「うん、そうだね」

その笑顔があまりに優しくて、あまりに綺麗《きれい》で、花音はそれ以上もう何も訊けなくなってしまった。

だけど先生の言葉はとても心に響いてくる。

それなら花音には何ができるのだろう。

周りが勝手にそう思うなら、それを変えればいいのだろうか。

授業が始まってから考えても答えがでなくて一度は考えるのを止めたけど、一人で家に帰ろうとするとどうしてもまた思い出してしまった。

花音はお父さんもお母さんも、ママも弟も大好きだ。

お母さんに生きていて欲しかったと当然思う。だけどどれだけ泣いてもどれだけ祈っても、それは無理だってさすがに五年も経《た》てば十分にわかった。

だったら今の環境を見て、自分は幸せなんだって思う方がよっぽどいい。

だけど、自分でも実は不安に思っている部分がある。

それを人には見せたくないし、気づかれたくもない。だから、かわいそうだと言う気持ちを見せてこないで欲しいのだ。

そんなことを考えながら花音が歩いていると、電柱の横で丸まっている何かに気がついた。

近所の柴犬《しばいぬ》くらいの大きさだろうか。灰色だけど、何か模様があって、動物に見える物が丸まっている。もふもふとした毛並みは柔らかそうで、つい触ってみたくなって花音は足を止めた。

真横にまで来ると、犬か猫みたいだとわかった。猫にしては大きいから、きっと犬だ。

でもここまで近づいても人に気づかないなんて、変わっている犬だと思った。

「大丈夫？　迷子？」

その場でしゃがんでツンツンつつきながら、言葉が通じるわけないのに尋ねてみる。

すると犬だと思っていたそれがハッと顔を上げて、花音と目が合った。

子猫のような丸い顔に、碧《あお》い瞳、そしてもふもふした毛に、ぴょんぴょん生えている長いヒゲ。ぬいぐるみのようにかわいいけど、かなり大きい。

そして、なぜか太い尻尾を口にくわえている。

「え、猫？ それにしては大きいね」

通じないとわかっていてもついつい話しかけると、碧い瞳がぱちくりと一度瞬《まばた》きをした。そして太い尻尾を放したと思うと、静かに口を開く。

「ボクは猫じゃなくて、ユキヒョウだよ」

「へえ、ユキヒョウっていう動物なんだ。じゃあ、まだ子ども？」

と、そこで花音は気がついた。

今聞こえてきた少年の声は、目の前の彼から出てきたものだ。

「あれ？ しゃべってる？」

「うん、ボクしゃべれるよ」

驚いて尻餅をついた花音の目の前で、可愛《かわい》らしくユキヒョウが笑う。

「私、夢を見ているのかな……」

「ううん、夢じゃないよ。ほら、感触もあるでしょ？」

言いながらユキヒョウは花音の両頬を優しく包んでくる。

ふわふわとした中に少しひんやりした感覚があるのは、肉球だろうか。どちらにしても、確かに間違いなく本当の感触に思えた。

「ユキヒョウはね、手足の裏にも毛がしっかり生えているから温かいんだよ」

「ほんとだ、温かい」

「もちろん肉球だってあるから、そっちの感触も楽しめるよ」

「ほんと、お得だね」

ユキヒョウの手を包み込むように、花音は上から両手を添えてみる。自分の手にももふもふした温かい感触が伝わってきて、ようやくこれはどうやら夢ではないと思えてきた。

それなら今を受け入れよう、これまで花音がやってきたように。

「ねえ、なんでこんなところで丸まっていたの？　迷子？」

最初から抱いていた疑問を口にしてみると、ユキヒョウが手を下ろしてから軽く目をそらした。

「いや、迷子ではなくて……その……」

言いにくそうにしながら、ユキヒョウが視線を向けたのは大きなリュックサックだ。いくら猫より大きいとは言っても、花音よりはユキヒョウは小さく見えた。

「荷物が重いとか？」

一瞬でユキヒョウの耳がピンッと立ち上がったかと思うと、すぐに後ろに伏せられていく。どうやら図星だったらしい。

「ちょっと、色々買い込み過ぎて……それで、ちょっと休憩してたんだ」

こんなユキヒョウがお店に行ったら大騒ぎになると思うのだけど、いったいどこのお店で買ったのだろう。

「じゃあ、私が持ってあげる」

立ち上がった花音がリュックサックに手を伸ばすと、ユキヒョウの手がそれを優しく押さえてきた。

「こんな重い物、女の子に持たせられないよ」

「そんなに重いの？」

言いながら花音は荷物を持ち上げてみる。確かにずっしり感はあるものの、十分に持てる重さだ。

「うん、そうちゃんより軽いから大丈夫」

「そうちゃん？」

塾の鞄を前にしてからリュックサックを軽々と背負い出した花音を、驚いたようにユキヒョウは何度も瞬きをして見上げている。

「もうすぐ二歳の弟だよ。リュックだからそうちゃん抱っこするより全然平気」

「本当？　ボクとしてはありがたいけど……」

「遅くなるとお家の人心配するから、行こう。案内よろしく」

まだ遠慮がちなユキヒョウに向かって手を伸ばすと、彼は戸惑いながらも立ち上がり手を取った。柔らかくて温かい、優しい手は握り心地がいい。

知らない人について行ってはいけないと知っているけど、人ではなくてユキヒョウだし、大人じゃなくて子どもだから大丈夫だろう。

「ごめんね、重い物持たせて」

しょんぼり耳を伏せるユキヒョウに、花音は笑いかける。

「こういう時はありがとうって言うんだよ。ママがいつも言ってる」

すると今度は耳をピンッと立ててユキヒョウはふにゃりと笑った。

「そうだった。ありがとう、えーっと、名前訊《き》いてもいい？」

「花音だよ」

「ありがとう、花音。とっても助かるよ」

「どういたしまして」

並んで歩き始めると、意外にユキヒョウは大きい。五年生の中ではそれなりに大きい花音の肩までの背がありそうだ。

「花音は家に帰るところだった？」

「うん、塾が終わったから」

「塾かあ。勉強って大変だよね。ボクも仕事のことを勉強しているけど、覚えること多くて本当大変だよ」

「ユキヒョウなのに仕事してるの？」

てっきり誰かに飼われているのかと思っていたけど、そうではないらしい。というかそもそもユキヒョウってどんな動物なんだろうか。

ヒョウと付くし、見た目からしてもライオンとかトラとかの仲間なのはわかる。それから、とにかく目がクリッとしていて碧くて綺麗で、毛がふわふわのもこもこでかわいいってこともわかる。尻尾や手足が太くて触り心地がよいのもわかった。

全部今知ったことで、ユキヒョウという動物を花音は知らない。

「うん、ボクにしかできない仕事だよ」

「ふうん、どんな仕事？」

動物園にでもいるのかと考えたけど、動物園から逃げたらきっとニュースになっている。子どもだけど一応猛獣なのだろうしと思いながらユキヒョウを見ると、ニコニコしていてまるで猛獣には思えない。

「ボク、お店を開いているんだ。じっちゃから継いだばかりだけど、ちゃんとボクが店主なんだよ」

「え！　ユキヒョウってお店できるの？」

思いもよらない答えに、花音は目を丸くさせた。

「もちろん！　ユキヒョウはなんでもできるんだって、じっちゃも言ってたし！」

ユキヒョウは誇らしそうに胸を張る。

動物がお店を開くなんて夢の世界の話だと思うけど、彼の堂々とした姿を見ているときっと正しいのだろうと思えてきた。

細い路地に入って少し歩いたところで、ユキヒョウが足を止めた。

レンガ調の建物は古そうだけどきれいにされていて、どこか温かみが感じられる。ドアの横のショーウィンドウにはユキヒョウやペンギンの置物、それから宝石が飾ってあった。

本当にここがユキヒョウのお店なのだろうか。

「ここだよ、どうぞ入って」

戸惑う花音の前で、ユキヒョウが慣れた手つきで木製の扉を開く。

中からふわりと温かい空気がやってきて、導かれるようにして花音は中に足を踏み入れた。

「わあ……」

想像以上の内装に、花音は思わず声を上げた。アンティーク調の店内には上からシャンデリアが吊《つ》るしてあっておしゃれにまとまっている。

こういうお店に入るのは初めてでつい萎縮しそうになるけど、ユキヒョウと一緒なら怖くはなかった。

「おしゃれだし雰囲気もよくて、ステキなお店だね」

「そうでしょ？　ボクの自慢のお店なんだ！　なにせ、大好きなじっちゃから受け継いだ大切なお店だからね」

花音の素直な感想にユキヒョウが嬉《うれ》しそうに目を細める。こういう時、変に否定されないのは気持ちがいい。

「荷物どこに置いたらいい？」

「あ、ごめん！　奥にどうぞ入って」

ユキヒョウに案内されて、花音は奥にある扉の先へ進んだ。

その途端、コーヒーの香りが体を包み込む。家で父親がよく飲んでいるので、花音にとっては親しみのある香りだ。

「おかえりなさいませ、坊ちゃま」

小さな部屋の奥にあるカウンターキッチンの先からなんだか渋い声が聞こえたかと思うと、ペンギンが出てきた。黒い顔に目の周りが白く縁取られているペンギンは、片方の目にメガネをして、首元には蝶《ちょう》ネクタイ、そしてベストを着込んでいる。

そんなペンギンが花音を見ると優しく目を細めて微笑《ほほえ》んだ。

「おや、小さなお客様もご一緒でしたか」

「うん、ボクの荷物を持ってくれたんだ。こう見えてすごく力持ちなんだよ」

「……坊ちゃま、またそうやって考えなしに買い物をなさったんですか？」

ジロリとペンギンがユキヒョウを見る目は、結構迫力がある。ユキヒョウは一歩後ずさりをして太い尻尾を抱えた。

「そ、それは……そうだ！」

ユキヒョウが何かを思い出したように耳をピンッと立てて、花音を振り返る。

「ごめん、荷物はここの床に置いて！　ボク支度してくるから」

「うん、わかった」

言われた通りリュックサックを床に置くと、急に体が軽く感じられた。弟よりもずっと軽かったけど、それなりに重かったようだ。

「さあお客様、そちらにお座りください。ホットチョコレートを用意しております」

いつの間にか近づいてきていたペンギンが、椅子に座るよう勧めてくる。

「ありがとうございます」

促されるがまま腰を下ろすと木製の椅子なのに座り心地がよくて、なんだか高級なところに来た気分だ。

「よろしければお召し上がりください」

目の前のテーブルにマグカップが静かに置かれた。先ほどホットチョコレートと言っていた通り、中身はココアに似た物に見える。

「いただきます」

熱さを確かめてから少しだけ口に入れてみた。

その次の瞬間、口の中にワッとチョコレートの香りと甘味が広がっていく。それをミルクの柔らかさが優しく包み込んでから、最後にほんのちょっぴり苦味が来た。

チョコレートでちゃんと甘いのに少しビターで、大人の味って感じがする。

「おいしいです」

「お口にあって何よりです」

ペンギンが嬉しそうに目を細めた。ただ目をつぶっているようにも見えるのに、嬉しそうに見えるのはなぜだろう。

「花音、お待たせ！」

跳ねるようにして戻ってきたのはユキヒョウだった。

だけどさっきまでとは違って首には赤い蝶ネクタイをつけて、黒いベストを着ている。ペンギンとお揃《そろ》いの装いは、とても彼に似合っていた。

「荷物を運んでくれたお礼に、よかったら食べて。昨日焼いたんだ」

そう言って差し出されたのは、お皿の上に載った小さなマドレーヌなどの焼き菓子だった。

「おいしそう……昨日焼いたって、これ、ユキヒョウ君が作ったの？」

「うん。教わったレシピで作ったんだ！」

花音の疑問に、ユキヒョウは自信満々の顔をして軽く胸を叩《たた》いた。もふもふした手で作ったとはちょっと信じられないが、それでも目の前の焼き菓子はとてもおいしそうに見える。

「まずこの貝の形がマドレーヌ、茶色い四角いのがフィナンシェ、少しピンクっぽい四角いのはフランボワーズフィナンシェだよ。あ、アレルギーとか大丈夫だよね？」

楽しそうに説明をしていく様子からして、どうやら本当に彼が作ったものらしい。

「うん、大丈夫だけど……フィナンシェ……？」

「マドレーヌと同じで、フランスの焼き菓子の一つだよ。大きな違いはフィナンシェにはアーモンドパウダーが入っていることかな。ボクはどっちも好き」

好きだと言うユキヒョウの顔がとても幸せに満ちているせいか、目の前のお菓子がキラキラと輝いているように見えてくる。

「どれも一口サイズだから、夜ご飯食べられなくなることはないと思うよ」

全部食べたら夕飯が食べられなくなるかも、とちょっと考えていた花音はドキリとする。

優しげなユキヒョウの表情から、彼の気遣いが伝わってきた。

「それじゃあ、いただきます」

まずは貝の形のマドレーヌを口に運んでみる。

しっとりした食感のあと、バターの風味が舌の上で広がった。それからほんの少しレモンの味とほどよい甘さがやってきて、幸せな気分になる。

「おいしいっ」

「よかった！　じゃあ次はフィナンシェ食べてみて」

勧められるがまま、続いてフィナンシェを口に入れてみた。

マドレーヌよりもしっとりとした食感に驚いていると、濃いバターの香りとナッツのような芳《こう》ばしさが広がっていく。これがアーモンドパウダーの味なのかもしれない。

「これもおいしい！」

「では最後に、フランボワーズフィナンシェをどうぞ」

ユキヒョウがニコニコしながらもふもふの手で、ピンクがかったフィナンシェを指さした。

フランボワーズって、木苺《きいちご》だったはず。

そう考えながら花音は最後のフィナンシェを口に運んだ。

噛《か》んだ瞬間、少し甘酸っぱいような木苺の味とバターの濃厚な香りが感じられる。噛んでいくうちに、先ほどのフィナンシェと同じナッツのような芳ばしさが訪れた。木苺の香りが最後に残ったかと思うと、いつの間にか食べ終わっていた。

「おいしかった……私もどっちも好き。一番好きなのは、フランボワーズのかも」

「本当？」

花音の言葉に、ユキヒョウが立ちあがって身を乗り出した。キラキラと輝いている瞳は、まるで夜空で星が瞬いているみたいだ。

「それ、一番の自信作なんだ！　だから花音が気に入ってくれて嬉しい！」

本当に嬉しそうな顔で、ユキヒョウは自分の尻尾を抱きしめた。そんな彼を見るだけで花音も不思議と嬉しくなってくる。

「すごくおいしいよ。ちょっと甘酸っぱくて、そこが好き」

「あとでお土産にいくつか持って行ってね！　あ、そうだ」

ユキヒョウは気づいたように、それまで椅子の背もたれに置いていた黒いケースを取り出した。

「荷物を運んでくれたお礼として、一つ天然石を選んで欲しいんだ」

「え？　お菓子でも十分だよ」

「せっかくここはボクの宝石店なんだし、貰《もら》ってよ」

言いながら、もふもふの手で持ったケースをパカッと大きく開けて中身を見せてくる。

「わあ……すごい」

そこには十種類ほどの石が収められていた。形も色も様々で、見ているだけで楽しい気分になってくる。

「水晶、アメジスト、ローズクォーツ、ラピスラズリ……あとはなんだろう」

透明な石、紫の石、桃色の石、青くて金色の点々模様がある石を順に指差していた花音は、そこで手を止める。それ以上先には水色の石、黄緑の石、透き通った青い石、黒い石、赤い石、そして縞《しま》の入った橙色《だいだいいろ》っぽい石が並んでいた。

「その先はターコイズ、ペリドット、ブルートパーズ、オニキス、ガーネット、それからサードオニキスだよ」

聞いたことのある名前と知らない名前を言われて、花音はそれぞれをジッと見ていく。

「どれか気になるものはある？」

「うーん」

どれもきれいだし、どれも個性があって、面白い。だけど一つを選ぶことを考えると、目が離せないものがある。

「このサードオニキスが気になるかも」

白色と橙色と赤色で彩られる縞模様は、まるで理科の教科書で見た木星のようだ。

「なるほど。サードオニキスは大切な人との絆《きずな》を深めるとか、家内安全をもたらす石だと言われているよ」

言いながらユキヒョウは器用にサードオニキスの石を摘《つま》んで花音に差し出す。手の平に載せてもらうと、ひんやり冷たい感覚と、少しだけ重たさを感じた。

「大切な人との絆……これがあれば、もっとちゃんと幸せだって思えるのかな」

思わず呟《つぶや》いてから花音はハッと口を閉じ、下を向く。自分は幸せなのだから、これ以上何を望むというのだろう。

ユキヒョウの反応が少し怖くてゆっくり顔を上げると、目が合った彼は柔らかく笑っていた。

「石は花音を支えてくれるけど、石があるから幸せになるわけではないよ」

「どういうこと……？」

「石を持ったからといって満足していたら、何も変わらない。でも、変わろうとする花音の背中をそっと押してくれる。パワーストーンとか宝石っていうのはそういうものなんだ」

ユキヒョウが穏やかに説明してくれるが、やっぱり花音にはよくわからない。だけど石の冷たさと重みはとても手に馴染《なじ》むような気がする。

「うん、花音とそのサードオニキスの相性は良さそうだね。よかったらそのまま受け取って」

「あ、ありがとう」

自分の物だと思うと、途端に手の中の石への想《おも》いが増してくる気がした。大切な人との絆を本当に深めてくれるかはわからないけれど、この石を好きだと思う気持ちは本当だ。

「坊ちゃま、こちらを」

いつの間にかまた近くに寄ってきたペンギンが、ユキヒョウに小さな封筒を渡した。それをもふもふした手で受け取り、中のカードを確認すると、パアッと明るい顔でユキヒョウは花音を見てくる。

「花音、君への贈り物がもうすぐ届くんだ」

「え？　どういうこと？」

「ここはそういう、誰かへの贈り物が届く店だからだよ。週末になったらまた来てくれる？　きっと迷わずに来られるから」

ニコニコしているユキヒョウの言葉はおかしなことばかりだ。だけど不思議と、本当のことを言っているのだと思えてしまう。

「わかった。また来る」

「待ってるよ！　きっと花音に素敵な出会いが訪れるはずだから」

頷《うなず》くと、ユキヒョウが本当にうれしそうに笑う。その顔がかわいくて、まるで弟が笑った時のように花音もつられて笑っていた。

翌日の学校では、やっぱり少し大変だった。

興味津々といった様子であれこれ話しかけてくる子や、かわいそうだという目で見てくる子、なんだか妙に優しい子など、これまでと何かが違う。なんとなく居心地は悪くなったけど、これまで通りに接してくれる子もちゃんといる。

三年生の時も四年生の時も一度は必ずあったことだし、特に気にしないことにした――きっとそのうち皆飽きるはずだから。

土曜日になって、ママと弟と一緒に花音は大きな森林公園まで遊びに来た。

広い原っぱのあるここは、花音にとって昔から馴染みのある場所だ。電車でも一本で来られるから本当の母親とも何度も来た。その記憶は鮮明ではないけれどアルバムを見れば写真が何枚もあるし、何より母親が最後に入院していた病院の近くだ。

「そうちゃんボール投げて」

花音の呼びかけに、弟は大事に抱えていたボールを投げた、というよりも地面に叩きつけた。

「上手上手！　いくよー！」

転がってきたボールを拾い上げて、弟に向かって優しく山を描いて投げる。

頑張って弟はキャッチしようとするが、腕と体の間をすり抜けて地面に落ちていく。そのまま彼の足に当たってボールが転がると、笑い声を立てて追いかけ始めた。

それを花音も追いかけていくうち弟は見事に転んだ。

「そうちゃん！」

慌てて駆け寄ったが、芝生の上だからか弟はごきげんな顔で笑ったまま寝転がった。怪我《けが》をしていないか簡単に確認すると、少し手が草を潰《つぶ》して緑になっている程度で花音は小さく息を吐く。

「ねぇね！　ねぇね！　ゴロン！」

お誘いを受けて花音も芝生に寝転がってみる。

草の匂い、土の匂いを感じながら、青い空を見上げた。弟の手を握ってみると、小さくて柔らかい手が握り返してくる。それだけで普段からかわいい弟が、より一層かわいく見えた。

「ママのところ戻ろうか」

「うん！」

二人で一緒に起き上がり、周囲を見回してみる。すると花音たちが捜していることに気づいたのか、木陰から大きく手を振っている姿があった。

「よし、そうちゃん。ママのところまで競走だ」

「きょーそ！」

「ようい、ドンッ！」

花音の声に合わせて弟は走り出す。まだまだどこかおぼつかない足取りでも、ちょこちょこと走る姿は本当にかわいい。

「そうちゃん速いね、待って待って！」

横を走ったりわざと後ろに行ったりして、花音は弟と並走していく。

「ママーッ」

ママが近くに見えてきて、弟はより一層嬉《うれ》しそうな顔になって体にも力が入った。それがいけなかったのか、次の瞬間彼は何かに足を取られてバランスを崩した。

「そうちゃんっ」

咄嗟《とっさ》に手を伸ばしたが、間に合わない。

先ほどよりもずっと勢いよく弟は転んでいた。

ゴンッと嫌な音がして、花音は小さく悲鳴を上げる。

「そうちゃん！　大丈夫？」

きっとさっきみたいに笑って起き上がる、そう思っていたのに、弟はうめき声をあげて動かない。

「そうちゃん、そうちゃん」

「…………ぅ……」

肩を揺らしながら呼びかけても、うめき声しか返ってこない。しかも、弟の頭から流れた血がどんどん地面に広がっていく。

「ママ！　ママ！」

花音が叫ぶと、火が付いたように弟が泣き叫び出す。花音の悲痛な声と弟の泣き声に、ママが慌てて駆け寄ってきた。

「ママ！　そうちゃんが！」

「大丈夫、のんちゃん。落ち着いて」

「でも……でも！」

ママは優しく声をかけてくれるが、落ち着いてなどいられない。全身がガタガタと震えてくる。

「頭だからよく血が出るだけ。大丈夫」

言いながら鞄《かばん》からハンカチを取り出し、弟の頭に押し当てた。

「のんちゃん、すぐそこの病院わかるよね？」

「う、うん」

「それじゃあママは先にそうちゃんを連れていくから、あとから来られる？」

「わ、わかった……」

ママは弟を抱き上げると足早に歩き始めていた。

その後ろ姿を花音はしばらくの間、震えながら眺めることしかできなかった。


結局弟は四針ほど頭を縫うことになったが、それ以外は問題ないとのことだった。ホッとして泣きながら謝る花音を、ママは優しく抱きしめてくれた。

なんで本当の子どもに怪我をさせられたのに、ママは私に優しいんだろう。

考えたくもないのにそんなことを考えてしまう。

弟もあまり動いてはいけないのに花音にすぐ飛びついてきて、変わらず懐いてくれている。

話を聞いてから帰宅した父親も、一度も花音を責めたりしなかった。

あの時花音が走ろうなんて言わなければ、弟は今頃怪我なんてしていなかったはずだ。

なのに、誰も花音が悪いとは言わない。

父親も、ママも、弟も、むしろ泣きそうになる花音に「大丈夫だよ」と言ってくれた。

なんていい家族なんだろう。

花音は家族皆が大好きだ。

周りが何を言っても、そこは絶対に変わらない。

だけど、たまにすごく怖くなる。何かが突然壊れてしまうような、消えてしまうような、そんな不安に押しつぶされそうになる。


翌朝になってリビングの前を通りかかると、中から両親と弟の楽しそうな声が聞こえてきた。いつも自然に入れていたのに、どうしてもドアノブに手をかけることができない。

一歩、二歩と後ろに下がって、気がついたら花音は玄関を飛び出していた。

どこに行きたいのかも、どうして家を出たのかもわからない。だけど色んな気持ちがぐちゃぐちゃになって、ただ走った。

だんだん苦しくなってきて、息を切らしながら花音は足を止める。

そして今どこにいるのか確認しようとしたところで、驚いた。

「ここ……ユキヒョウ君の……」

何も考えずに走っていたのに、花音はユキヒョウの宝石店の前に立っていたのだ。

お店は営業中のようだけど、入っていいのか躊躇《ためら》っている花音の前で、扉がゆっくり開かれる。温かい空気がそっと頬を撫《な》でた。

「花音、いらっしゃい」

チリンッとドアベルが鳴って、中からユキヒョウがひょっこり顔を覗《のぞ》かせた。

「あの、今日は……」

ここに来るつもりはなかったと言おうとする花音に、ユキヒョウが優しく目を細めた。

「大丈夫。今日はお客さん来ないから、おいでよ」

「うん……」

なんでお客さんが来ないとわかるのか不思議だけど、ユキヒョウの言葉につい花音は頷いてしまう。

店内に足を踏み入れると、そのまま手を引かれて奥の部屋まで連れて来られた。

「ホットチョコレートです。どうぞお召し上がりください」

この前来た時と同じ椅子に座ったところで、ペンギンがすぐにマグカップを花音の前に置いた。

「ありがとう、ございます」

マグカップに手を伸ばしたところで、あれだけ走ってきたのに指先が冷えていることに気づく。そういえば今日は気温がグッと下がって冷え込むと、昨日ママが言っていた。

マグカップから伝わる温度が心地よくて、ようやく花音は息ができた気がする。

一口飲んでみれば、熱すぎずぬるすぎず、ちょうどいい温度だ。ダークチョコレートの苦味とミルクのまろやかさが口の中に広がっていく。最後にほんの少しの甘味が広がって、苦味を消していった。

おいしいダークチョコレートを食べているような、そんな味わいに花音は続けて二口目を飲んだ。

「おいしいです」

「恐れ入ります」

花音の言葉に、ペンギンが嬉しそうに目を細めてくれた。

「よかったら、これも一緒にどうぞ」

ユキヒョウが花音の前に座って、クッキーが山ほど載ったお皿を差し出す。丸くて表面が波を打つような形をしている小ぶりのクッキーは、見ているだけで美味《おい》しそうだ。

バニラの香りが漂ってきて、花音は色んなことを忘れて手を伸ばす。

「いただきます」

一つ手にしてから口に放り込んでみる。

サクッとしているのにどこかしっとりした食感から、バニラとバターの香りがいっぱいに広がっていった。嚙《か》めば嚙むほど香りが広がり、舌の上で溶けていく。ほんのり感じられる塩気と、しつこくない甘味がとてもちょうどいい。

今ホットチョコレートを飲んだら、きっとおいしいだろうな。

そう思って今度はマグカップを手にして、一口飲んでみる。

すると先ほどはなかったバニラの香りとダークチョコレートが混じり合って、おいしいけどまた違う味が楽しめた。こんな感覚は初めてだ。

ついついもう一つを口にしたところで、そういえば朝ごはんを食べていないことに気がついた。

「クッキーも、ホットチョコレートも、本当においしい……」

花音が改めて口にすると、ユキヒョウがにっこりと笑った。

「よかった。一緒に食べるともっとおいしくなるよね」

「うん！　うまく表現できないけど、ホットチョコレートがすごく合う！」

花音は目を輝かせながら力強く頷《うなず》いた。飲み物とお菓子がこんなに合うなんて、今まで考えたこともなかった。

そんな花音の様子を見て、ユキヒョウとペンギンはどこか安心したような顔をしている。

「少しは気分、変えられたかな？」

その一言に花音はハッと我に返った。

さっきまでの何も考えられない自分とは、何かが違う。頭はスッキリしているし、今なら自分の気持ちがわかるような気さえする。

「うん……不安とかそういうのは変わらないけど、気分は変わったと思う」

花音が深く静かに頷くと、ユキヒョウは優しく目を細めた。

「よかったら花音、少し話してみない？」

「え？」

突然言われて、花音は何度か瞬《まばた》きをする。

だけどユキヒョウは表情を変えず、その先を続けた。

「花音が悩んでいること、不安に思っていること、何でもいいからボク達に話してみなよ。きっと言葉にすることでわかる自分もいるはずだよ」

ユキヒョウの澄んだ声が耳に心地よく響いてくる。

彼に言われると、そうかもしれないと思えてくるのはなぜだろう。

「話しても、いいのかな……」

これまで家族にも、友達にも話したことのない気持ちがある。誰かに言ったら上手《うま》く皆と過ごせなくなりそうで、ずっと黙っていた。

「もちろん。ここにはボクとじいやしかいないし、君が怖がることは何もないよ」

その優しい碧《あお》い瞳を見て、ユキヒョウは花音がなんでこれまで黙っていたのかも理解しているように思えた。

それなら、話してみてもいいのかもしれない。

ユキヒョウとペンギンの優しい眼差《まなざ》しと、ホットチョコレートとクッキーの甘い香りに背中を押されて、膝の上で手をギュッと握ってから花音はゆっくり口を開いた。

「私の本当のお母さんは、私が五歳の時に亡くなっているの」

これまでこの言葉を口にした時、誰もが申し訳なさそうな、同情するような目を向けてきた。だけどユキヒョウとペンギンは事実として受け止めて、花音のその先の言葉を待ってくれているのがわかった。

それが、なんだかすごく嬉《うれ》しい。

「記憶は曖昧だけど覚えていることもたくさんあって、とにかく私はお母さんが大好きだったことは間違いないの。それで、二年後にお父さんは今のママと仕事先で出会ったんだって。ママも小さい頃お母さんを亡くしてて、お父さんから私の話を聞いて居ても立っても居られなくなったんだって言ってた」

最寄り駅が同じだったのがきっかけで初めはただのお節介だったのかもしれないけど、ママは小学校に入ったばかりの花音にあれこれ世話を焼いてくれた。ママと先に出会ったのは父親だが、先に仲良くなったのは花音だ。

「食事を心配してくれて、学校の必要品とか洋服とか、そういうのをすごく気にかけてくれたの。お父さんじゃ気づかなかった細かいことも、色々。だから私、たまにふざけてママって呼んでたくらい」

その度にママは花音を優しく撫でてくれた。

本当にそうなってくれたら、と本気で思っていたわけではない。父親と結婚しないとママにはなれないってことはわかっていたし、それは花音ではどうしようもないこともわかっていた。

だけど、もちろんそういう夢は見ていた。

「そのうち三人で過ごすことが多くなって、二人が結婚したから本当にママになってくれたんだ。そのあとで弟も生まれたんだけど、本当にかわいくて、私はすごく幸せなの」

そこで花音の瞳からポロッと一つ零《こぼ》れた涙が、膝の上で弾《はじ》けた。

「すごく幸せなのに、寂しいの。だってお父さんもママもいて私が幸せなら、お母さんはどうなるの？　私にとってたった一人の産んでくれたお母さんは、私がずっと覚えていて、私がずっと大好きでいなくちゃ、一人になっちゃうよね？」

気がつけばいくつもの大粒の涙が膝に落ちていく。

「覚えていたいのに、忘れていくの。顔は覚えているけど、声とか、温かかった優しい手とか、そういうの、だんだん思い出せなくなるの。なんで……なんで、忘れちゃうの？　私がママを好きだから？」

しゃくりあげながら言葉を紡ぐ花音の顔に、ユキヒョウの柔らかい手が触れた。テーブルの向こう側から身を乗り出した彼が、手にしたハンカチで優しく涙を拭ってくれる。

「花音、きっと色々難しく考えすぎだよ。答えはきっと、もっとシンプルなんだ」

言葉の意味がわからず涙目のまま花音は彼を見上げると、スッと姿勢を戻したユキヒョウがどこからともなく小さな箱を取り出した。

「さあ、受け取って。君に今必要なものが、ここには詰まっているから。宝石の想《おも》いが花音に届きますように」

碧く澄んだ瞳に誘われるがまま、花音はその箱に手を伸ばした。

気がつくと、花音は自分の家の前にいた。

何かが違う気もしたけど、具体的にどこが違うかはわからない。

いつの間にユキヒョウのところから戻ってきたのかわからないし、まだ家族に会うことに戸惑いはある。だけど家に入らないといけないような気がして、花音は玄関の扉を開いた。

オレンジと思われる柑橘《かんきつ》系の香りが、ふわりと体を包み込む。

どこか懐かしい香りだけど、家でオレンジの香りがしたことはあまりないように思う。

それに玄関に並んでいる靴も、飾ってあるユキヒョウっぽい置物も、見たことのないものばかりだ。どう見ても自分の家なのに、知らない物が並んでいる。

普通に考えたら気味悪く思えるかもしれないけれど、なぜか怖いとは全く感じなかった。

「ただいま」

小さく呟《つぶや》いてから、靴を脱いで家に上がってみる。

足は自然とリビングルームに向かっていた。

扉の前で一度息を整え、静かにドアノブを押し下げる。音もなく滑らかに開いたドアの先から、またオレンジの香りが漂ってきた。

「あら、いらっしゃい」

中を覗き込んだ瞬間、声をかけられた。

ダイニングの椅子に腰をかけた女性はママではない。お腹《なか》が大きいその人は毎朝見ている写真に写っている、花音を産んだ母親だった。

どうなっているのか困惑する花音に、母親は穏やかに微笑《ほほえ》む。花音が誰かわかっていないはずなのに、その瞳はとても優しくてどこかユキヒョウのようだ。

「どうぞ座って。何か飲む？」

突然現れた花音に動じる様子もなく、母親は立ち上がって台所へ向かって行く。呆然《ぼうぜん》としながらもダイニングに座ってみる。同じ形のテーブルだけど、花音が付けた傷がない。

ここは過去なのか、それとも夢なのか。

考えている間に甘い香りがして顔を上げた。

「はい、どうぞ。ココア好き？」

「あ、ありがとうございます。好きです」

母親が置いてくれたマグカップを花音はそっと持ち上げる。

甘いココアの香りに惹《ひ》かれて一口飲んでみれば、ペンギンが出してくれたホットチョコレートよりもしっかりした甘さが口に広がった。だけど最後にココアパウダーの苦味と甘さが溶け合う感じは、とても懐かしい。

小さい頃よく飲んでいた、お母さんの味だ。

懐かしさと他の気持ちが入り交じって泣きそうになりながら、花音はなるべく笑顔を作った。

「おいしいです」

「よかった。私も今は控えているけど、すごく好きなんだ」

ぼんやりとした記憶だけれど、母親と一緒にココアを何度も飲んだことは覚えている。花音が喜んで飲むからだけでなく、母親も好きだったのだろう。

考えながら、少し大きくなったお腹に視線を向けた。あの中にいるのはきっと自分だと思うと、不思議な気持ちになる。

「お子さん、生まれるんですね」

自分に向かって言うのも変だけど、ここが過去でも夢でも、気にしないことにした。せっかく母親と話せる機会なのだから、今を大事にしたい。

「そうなの。ずっと待っていたから、本当に楽しみで」

愛おしそうに母親はお腹を撫《な》でた。

「私は体が弱いからリスクがあるってわかっているんだけど、どうしても産みたくて」

「どうしても……」

「夫は最初戸惑っていたけど、すぐに理解してくれて……本当、感謝しかないの」

そういえば以前父親から聞いたことがあった——花音の産みの母親は体が弱い人で、妊娠出産は彼女の命を削るに等しいことだったと。だけど母親の揺るぎない想いを尊重して、父親は協力を惜しまなかった、そう言っていた。

結局出産で無理をしたことで五年後には命を落とすことになったけど、もし過去に戻れるとしても両親は必ず同じ選択をする、と父親は穏やかに笑いながら教えてくれた。

「もしかして一緒にいられる時間は長くないかもしれない。だけど最高のお父さんがいるから、この子はきっと大丈夫だと思えるんだ」

上手く言葉を返せない。

確かに母親の考えていた通り、お父さんはいつだって花音を一番に考えてくれている。ママとの再婚についても、本当に花音が望んでいるのかをじっくり見てくれたし、弟のことも妊娠がわかるずっと前から花音の気持ちを聞いてくれた。

二人で生活していた時も花音が独りでいる時間がなるべく少なくなるように、いつも考えてくれていた。それに、何度もお父さんとお母さんは生まれる前から花音が大事だったと伝えてくれた。

どこかで父親が無理をしているのではと疑う気持ちもあったけれど、今目の前の母親を見ていると全てが本当だと思えてくる。

本当に望まれて生まれたのだと、今なら心から信じられる。

「あの、一つ聞きたいんですけど……」

「うん、なあに？」

「あの……」

口にしてから、本当に訊《き》いていいのか迷いが出てきた。だけどもう二度と会えないかもしれない母親に、今聞いておかないと後悔する。

　ギュッと手を握りしめてから、花音は思い切って口を開いた。

「自分が先に亡くなってしまった後……その子が新しいお母さんをママとかお母さんとか呼んで幸せに暮らしたら、どう思いますか？　やっぱり、寂しいですか……？」

　途中で不安になって下を向く。

　母親は今どんな顔をしているのか、見たいけどやっぱり怖い。

「どう思う……うーん、そうだなあ」

　花音が緊張する前で、母親は穏やかに言葉を紡いでいく。

「寂しくないって言ったらそれは嘘《うそ》になるね」

　その言葉に花音は慌てて顔を上げたけれど、目が合った母親の顔はとても優しかった。

「だって娘の成長をずっと傍《そば》で見ていたいのに、それができなくなっているってことなんだから、やっぱり寂しいよ。でもね……」

　花音に柔らかい眼差しを向けたまま、彼女はその先を続けた。

「寂しいけど、嬉しいとも思うよ」

「嬉しい……？」

花音が訊き返すと、母親はにこやかに頷《うなず》いてみせる。

「だって、娘は幸せなんでしょう？　私を想ってくれるせいで娘が幸せじゃなくなるなら、忘れたって構わないくらい。もちろん覚えていてくれる方が、ずっとお母さん大好きだって思ってくれる方が嬉《うれ》しいけどね」

「本当に……？」

「本当だよ。一番大事なのは、娘が幸せでいること。きっとどんな親だってそう思うんじゃないかな」

「私は……幸せだって思っていいの？」

大粒の涙を零《こぼ》す花音の頬にそっと手を伸ばして、母親は微笑んだ。

「思って欲しいな。だって貴女《あなた》は花音……のんちゃんだよね？」

驚いて、涙が一気に引っ込んだ。目を見開く花音に、まるで母親はサプライズが成功したみたいに笑っている。

「ここに入ってきた時から『あ、のんちゃんだ』って、不思議とそう思えたの。だって、のんちゃんが小学生になったらどんな子になるんだろうって、想像していた通りなんだもん。かわいくて、お母さんの自慢の子だね」

引っ込んでいた涙がまた零れ落ちていく。

このまま母親の胸に飛び込んで、小さい頃のように泣いてしまいたいと思った。

だけど今大事なことは、そうじゃない。

ずっとずっと、伝えたかったことを今こそ言葉にしたい。

だからグッと涙を拭って母親の手を握りしめてから、花音は一生懸命笑顔を作った。

「お母さん……私、お母さんもちゃんと大好きだよ」

「うん」

「ずっと、これからも……大好きだよ」

「うん。お母さんも、のんちゃん大好きだよ。どこにいたって、離れていたって、いつだって大好きだからね」

これまでずっと笑っているだけだった母親の瞳から、涙が零れてくる。

泣かないで、と手を伸ばそうとしたところで、花音の世界が真っ白に染まった。


目を開けると、目の前にユキヒョウがいた。

優しい碧《あお》い瞳を少し寂しそうに揺らして花音を見ている。

「無事、会えた？」

その一言で、ユキヒョウが会わせてくれたんだとわかった。

「うん、会えたよ。ありがとう」

思い出すとまた泣きそうになるけれど、花音は堪《こら》えてまた笑顔を作る。

するとユキヒョウは安心したような顔で一つ息を吐いて、花音の手の中にあった箱を丁寧な手つきで開いた。

「わぁ……」

中には緑色のしずく型をした石の付いたネックレスが入っていた。

青みがかった緑はキラキラと輝き、美しすぎて手に取るのを躊躇《ためら》うくらいだ。だけどしずく型の優しい形と丸みが、親しみを持たせてくれる。

「このエメラルドのネックレスは、花音のお母さんからのプレゼントだよ」

「……本当に？」

「うん。君が家族のことで悩んだ時に届けるよう、頼まれていたんだ。最初は節目の……なんだっけ半分の成人式……？」

「ハーフ成人式のこと？」

困った様子で尻尾を抱えるので花音が助け舟を出すと、ユキヒョウはピンッと両耳を立ててもふもふした手を叩《たた》く。

「そう、それ！　それを迎える誕生日とか二十歳の誕生日とかにしようと考えていたみたいだけど、花音に一番力になれる時に渡したいって言ってた」

ああ、だから今なんだと納得する花音に、ユキヒョウは続けた。

「それから、できればこれを受け取る前の花音に会いたいって。その時期も悩んでいたけど、妊娠中が一番落ち着いて話ができるって言ってたよ」

花音にも、それはわかる気がする。

ママも弟が生まれてからしばらくは本当に毎日大変そうで、ゆっくり休む時間もなかったように見えた。それよりも妊娠中は体に気を遣いながらも、花音とお菓子を作ったり、のんびり水族館を回ったりということができていた。もちろん弟はかわいいので、ママが出産後に忙しくなっても気にならなかったけれど。

「花音の誕生石でもある、エメラルドの石言葉は知ってる？」

「ううん」

五月の誕生石がエメラルドというのは知っていたけど、それ以上の知識は持っていない。

「愛、希望、それから幸福だよ。これからの花音が愛と希望に満ち溢《あふ》れて、幸せな日々を過ごせるようにって願いが込められているんだ」

「お母さん……」

ユキヒョウの言葉を肯定するかのように、エメラルドがキラリと輝いた。これから先、迷った時はこのネックレスを見るだけで元気になれるような気がする。

まだ幼く見えるユキヒョウがどうやって母親と会ったのかとか、どうやって花音は母親に会えたのかとか、考え出したら不思議なことはたくさんある。でも、ユキヒョウのおかげでたくさんの大事なものをもらえたのは確かだ。

「ところで、花音はアクアマリンっていう宝石を知っている？」

「名前は聞いたことあるけど……」

首を振る花音にユキヒョウはテーブルの上に置いてあった他の箱を手にして、蓋《ふた》を開けた。

中に入っていたのはまるできれいな水を固めたかと思うくらい、透き通った水色の宝石だ。花音のエメラルドと同じようにキラキラと輝いている。

「これがアクアマリンだよ。これもすごくきれいでしょ？」

「うん、きれい……」

「エメラルドとアクアマリンは、元々はベリルと言う同じ鉱物なんだ」

「え、そうなの？　全然違う色なのに」

驚く花音に、ユキヒョウがどこか得意げに頷いた。

「宝石って地球の中のマグマで作られることが多いんだけど、エメラルドはマグマが岩石を取り込んでベリルを形成する時にクロムという金属が入り込んで緑色になるんだよ。アクアマリンはベリルに鉄が入り込んで、こういった水色になるんだ。他にもベリルは赤とか色んな色があって……」

饒舌《じょうぜつ》に語るユキヒョウの顔は楽しそうに輝いている。

宝石ができる過程は全く想像できなくても、とにかく石ができる途中で何が混じるかで色が変わることだけは伝わってきた。

「坊ちゃま」

だけどなんでこんな話をしてきたのだろうと花音が首を傾《かし》げたところで、ペンギンの静かな一言が響いた。ハッと気づいた顔になったユキヒョウが一度小さく咳払《せきばら》いをしてから、再び口を開く。

「ごめん、つい夢中になるところだった。ボクが言いたかったのはつまりね、母親への愛って一言にしちゃうと一種類って思うけど、そうじゃなくてベリルみたいに色んな色があっていいと思うんだ」

「色んな、色……」

「うん。たとえば本当のお母さんにはどこまでも深い緑色の、心の奥で安らぎを与え合うような愛。今のお母さんには澄んだ水色の、寄り添い合うような愛。どちらだって本物の愛だし、母親への愛っていうものの形が一つである必要はないと思うんだよ」

ユキヒョウのその言葉が、花音の心を静かに優しく震わせた。

ずっと『母親』という存在は一つでなくてはいけないのだと思っていた。だから、どちらの母親も好きというのは間違っているのだと、どちらかを選ばなくてはいけないのだと思っていたのだ。

どちらも本当に大切でかけがえのない人なら、どちらのことも好きでいていい。それがわかったからもう誰かの言葉に揺らいだり、傷ついたりなんてしない。

ギュッと箱を握りしめて、花音は目の前のユキヒョウとペンギンに頭を下げた。

「ありがとう……お母さんからの贈り物を届けてくれて、お母さんと会わせてくれて、本当にありがとう。もうこれからは迷ったりしない。私はお母さんもママも大好きだって、もっと自信を持って言っていくよ」

花音の決意に、ふたりが柔らかく目を細めて頷いた。

「ねえ、花音ちゃんのママって本当のママじゃないって本当?」

月曜日、登校してすぐに隣のクラスの女子が花音の肩を叩いた。どこからか耳にした噂《うわさ》を、どうしても確かめたくて仕方がないという顔をしている。

正直、面倒くさいなと思う。

そんなこと花音から話さない限り、いちいち確認しないで欲しいとも思う。

これまでだったらそう思って、きっと当たり障りない笑顔でどうにかこの場をやり過ごすことを一番に考えていた。

だけど、もうこれまでとは違う。

「うん。本当のお母さんは小さい頃亡くなって、今のママはお父さんが再婚したママだよ」

「え……やっぱそうなんだ……ごめん……」

はっきりした声で言うと、相手は噂が本当だということを知って満足したような顔をしてから、わざわざ同情している顔を作った。

「いいよ、謝らなくて。私はどちらのお母さんにも愛されて、すごく幸せ者だから」

心からの笑顔で返して、花音はスキップをしながら教室へ向かった。

大好きなお母さんに、大好きなお父さん、そして大好きなママと弟がいる。

全員のことが大好きで、全員が花音を大好きで、これ以上何を幸せと言うのだろう。

私はきっとこれからも、家族のことで誰かに傷つけられることなんてない――そう考える花音には、雲の合間から覗《のぞ》いた太陽がまるで宝石みたいに見えた。

「花音ちゃん、元気になってよかったあ」

客が誰もいない店内のカウンターキッチンで、ユキヒョウはクッキーの生地をこねていた。

「そうですね。自分の気持ちに自信が持てたので、これから花音さんは楽しく過ごせるでしょう」

キッチンを綺麗《きれい》に拭き上げているペンギンが深々と頷《うなず》いてから、鋭い視線をユキヒョウへ向けた。

「それにしても坊ちゃま、いささか生地を作り過ぎでは？」

「え……っ」

指摘を受けて、ユキヒョウの目が泳ぎ出した。

「ほら、じっちゃにも作ってあげようかと思って……」

「なるほど、おじい様に」

ペンギンはどこか納得したように小さく頷いた。

「うん！　じっちゃもクッキー好きだし、この前道具も揃《そろ》えたからたくさん作りたくて！」

　ようやく執事からの圧がなくなってユキヒョウが意気揚々と話し出したところで、再びペンギンの目付きが鋭くなった。

「坊ちゃま」

「な、なに？」

「まさか、先日花音さんに運ばせたのは、その道具一式ではないですよね？」

　ビクッとユキヒョウの肩が跳ね上がった。視線を泳がせながら、そろりそろりと生地を冷蔵庫に運んでいく。ネコ科なので忍び足は得意中の得意だ。

「ボ、ボクそろそろ掃除してくるね」

「坊ちゃま、話は終わっていませんよ」

「ほら！　早くしないとずっと待っていたお客様がそろそろ来ちゃうよ！」

　ユキヒョウが慌てて時計を指さすと、ペンギンは呆《あき》れたように大きなため息をついた。

「そのようですね」

「でしょう？　じゃあ、ボクはお店の方を……」

「この件に関しては、あとで話し合いをしましょう」

　逃げようとした背中に冷静な言葉が突き刺さり、ユキヒョウはあきらめたように足を止めて振り返った。

「う、うん……」

そう答えたユキヒョウの口には、もちろん尻尾が咥《くわ》えられていた。

四粒目　アクアマリンと青い約束

「それでは、明日香《あすか》の婚約にかんぱーい！」

イタリアンバールのテーブルで、高校時代からの友人の一人が少しだけ声を大きくしてワイングラスを掲げた。

「かんぱーい！」

残る二人と一緒にワイングラスを上げて、武内《たけうち》明日香は皆のグラスと軽く合わせる。ガラスのいい音を響かせてから、四人はそれぞれグラスに口を付けた。

明るく透き通った赤ワインは、どこかカシスのような酸味がありながらもなめらかな舌触りで、お手頃価格とは思えない味わいだ。皆が同じように思っているのか、それぞれ幸せそうな顔で味わっている。

「おいしい。さすが夏帆《かほ》、いいワイン知ってるね」

ワインを選んでくれた友人に明日香が声をかけると、彼女が嬉《うれ》しそうに笑った。

「この前、取引先の方に教えてもらったの。よかった、気に入ってもらえて」

「ほんとおいしい！」

「すぐ飲み終わっちゃいそう。次もう頼んでおく？」

ワイン瓶の残りを見て別の一人があえて不安そうに言うと、皆がくすりと笑った。

「今日はゆっくりできるし、焦らない焦らない」

誰かからともなくそんな言葉が出て、皆は運ばれてきた前菜に舌鼓を打ち始めた。

キノコのマリネ、ラタトゥイユ、クロケットが綺麗に並んでいるお皿を見ているだけでもおいしそうだ。少しずつ口に運べば、どれもしっかりした味付けでも野菜やキノコの味も感じられて、満足のいくものだった。気がつけば、誰のお皿も空になっている。

「それにしても……やっとだね、明日香」

前菜のお皿が片付けられたあたりで、一人がしみじみと口を開いた。

「本当だよ……大学の時からの彼氏と別れてから、ずっと独りだったたし、心配してたんだよ」

「去年、付き合ってみようと思うって聞いた時は嬉しかったなあ」

他の二人も頷きながらそれに続いた。

高校からずっと仲良くしているだけあって、お互いにこれまでの交際履歴にはとにかく詳しい。一度大失恋をしたのをきっかけに、明日香がなかなか前に進めなかったのを皆はずっと心配してくれていたのだ。

「心配してくれてありがとうね……結構前に吹っ切れてはいたんだけど、なかなか出会いがなくて」

明日香が笑うと、皆も安心したように頬を緩ませる。

あの頃はこんな風に笑って話せるようになるなんて、思ってもみなかった。今にして思えば婚約者に出会えたのも、あの辛《つら》い別れがあったからこそなんだろう。

きっと無駄ではなかった。

今なら心からそう思える。

皆で穏やかに盛り上がりながら、明日香たちは食事を楽しんでいく。ポルチーニのクリームソースパスタとスズキのソテーを堪能したあとは、いよいよデザートの番だ。

「おいしいっ」

四人の声が思わず重なった。

ティラミスの木苺《きいちご》ジェラート添えはそれぞれ単体でも美味《おい》しいが、合わさると甘さと酸味が程よくていくらでも食べられそうなくらいだ。気がついたら明日香も、他の皆もジェラートが溶け切らない前に夢中で食べていた。

最後には甘めの白ワインのボトルを頼み、四人でじっくり飲み始める。

「式場とかはもう決めたの？」

「うん、堅苦しくならないレストランウェディングで考えてる」

「料理おいしいところでお願い！」

明日香の言葉に四人の中で一番美味しい物に目がない友人が身を乗り出した。

「出た、食いしん坊……と言いたいところだけど料理美味しいのは大歓迎」

「そうだね、せっかくなら美味しい方が嬉しい」

他の二人があまりにも真剣に頷くので、明日香は自然と顔を綻ばせた。いい意味で、この友人たちはずっと変わらないでいてくれる。

「もちろん、そこは重視してるよ。だってここの一番の共通点と言えば、食べるの大好きなことでしょ」

「さすが明日香！　期待してる！」

今度は三人の声が重なって、それから皆で顔を見合わせて笑った。

白ワインをじっくり堪能しながら会話を楽しんでいると、時間はあっという間だ。

「あ、すみません」

会計のために移動しようとしたところで、一人の男性とぶつかりそうになって明日香は頭を下げた。

「……もしかして、武内さん？」

名前を呼ばれて改めて男性を見上げると、ずいぶん懐かしい顔がそこにあった。

「えっと、岩岡《いわおか》君？」

「そうそう、懐かしいね。大学卒業以来か」

岩岡が穏やかな笑みを浮かべてそう言う。

大学のサークルで一緒だった岩岡とは、卒業してから会うのは初めてだ。卒業してすぐはサークルのメンバーから飲み会などの誘いがあったが、元彼と同じサークルだったのでずっと避けていたらもう誘われなくなった。

「岩岡君、元気そうだね」

「武内さんも、元気そうでよかった」

なぜか意味あり気な視線を向けられて、心臓がギュッと縮こまった。元彼と岩岡は結構仲が良かったので、もしかして色々と聞いていたのかもしれない。

「明日香の知り合い？」

先に会計に向かっていた友人の一人が戻ってきた。なかなか来ない明日香を捜しにきてくれたのだろう。

「うん、大学時代の」

「あ、そうなんだ。実は明日香の結婚が決まったんですよぉ」

友人は明日香の両肩に優しく手を置いて、上機嫌で口にした。

彼女は酔うと楽しいことや嬉しいことをとにかく口に出したくなるので、今日もきっとそのモードに入ってしまったのだろう。

緊張しながら岩岡に視線を向けると、彼は一瞬驚いた様子だったがそれを隠すようにすぐ口角を上げた。

「そうなんだ、おめでとう」

「あ、ありがとう……」

「は？　結婚？」

明日香の声をかき消すように、岩岡の後ろからやってきた別の男性が不機嫌そうな声を上げた。

「お前、武内だろ？　カンタの元カノの」

「おい、矢島《やじま》やめろ」

少し顔を赤くした男性が明日香に詰め寄ろうとしたのを、岩岡が腕で制する。矢島と呼ばれた男性も、確かサークルメンバーの一人だ。だから元彼のことを知っているのはわかるが、矢島の鋭い視線には明らかに侮蔑や憎しみが混じっている。

「カンタを裏切っておいて、よくもまあ結婚なんてできるよな」

「やめろって！」

「裏切る……？」

吐き捨てるように言われて、戸惑いを隠せない明日香は思わず聞き返す。

「武内さん、気にしないで。ほら、矢島戻るぞ」

岩岡は矢島を連れて席に戻ろうとするが、それを振り払って矢島が明日香に詰め寄った。

「病気だってわかったらすぐに捨てて、カンタの葬式にも顔を出さない、最低な女が結婚相手なんて旦那になるヤツはかわいそうだな！」

「病気……？　葬式……？」

視界がぐらつき、足から力が抜けそうになる。

「……千隼《ちはや》が？　そんなはず……」

「しらじらしいんだよ！」

「矢島やめろ！　……武内さん、ごめん」

「なんでだよ！　もっと言ってやらないと！」

羽交い絞めにするようにして、岩岡は自分たちの席に無理やり矢島を連れて行く。まだ奥からは「カンタのために」とか「許せねえだろ」と言う矢島の声と、それを制する岩岡の声が響いてくる。

遠ざかっていく二人の声を聞きながら明日香は一生懸命頭の中を整理する。

元彼の菅田《すだ》千隼が亡くなっている、とでもいうのだろうか。

そんなはずはないと思うが、連絡が途絶えている以上彼が生きているという証拠もない。

だけど岩岡も菅田について一切否定はしなかったし、あの意味ありげな顔はそういうことだったのだろうか。

「明日香……大丈夫？」

困惑して固まっていると友人が心配そうに声をかけてくる。彼女にとっても衝撃だったのか、すっかり酔いがさめた顔で明日香を覗《のぞ》き込んでいた。

「うん……大丈夫」

「なんか色々言われたけど、気にしちゃだめだよ。だって浮気したのは向こうなんだし」

友人の言葉に明日香は無意識で頷《うなず》く。

卒業してすぐ、突然『お前に飽きたし、他に好きな人ができた。もう付き合ってるからさっさと別れて』とメッセージを送ってきたのは菅田だ。それ以降は連絡を取ろうとしても、ブロックされてしまっていた。

「そうだね」

せっかく幸せになろうとしているのだ、過去のことなんて気にしてはいけない。

自分にそう何度も言い聞かせて、友人たちと合流した。

翌朝の土曜日、明日香は憂鬱な気分で目を覚ました。

矢島の言っていたことは本当なのか、と寝る前に考え出したら結局ほとんど寝られなかったのだ。

ぼんやりした頭のままスマホを確認すると、婚約者から連絡がきていた。今日は二人で適当に宝飾店を回って、結婚指輪のイメージを固めようという約束をしている。

「用意、しなくちゃ……」

まだ頭は回らないが、明日香は起き上がって支度を始めた。

朝ごはんを食べる気がしないので水分だけ取ってから家を出た途端、冷たい空気が肌をさしてくる。体が一気に冷えたが、それでも明日香の頭はぼんやりしたままだ。

駅までの道のり、楽しいことを思い浮かべるために婚約者とのこれからを考える。結婚指輪、レストランウェディング、新婚旅行、それから新居――イベントは目白押しで、忙しいけれど婚約者との話し合いもうまくいっていて、昨日までは本当に楽しみにしていた。

それが今はどうだろう。

浮気をして一方的に別れを告げた元彼が亡くなっていると聞かされて、思考がうまく回らない。裏切ったと言われたのもそうだし、何より病気と言っていたのが気になって仕方がなかった。

考えていると息が苦しくなってくる。視界が歪《ゆが》み、足元がふらついた明日香は咄嗟《とっさ》に壁へ手をついた。

こんな眩暈《めまい》は久しぶりだ。やはり寝不足だろうか。

もう駅は目の前だが、近くにあったベンチに倒れ込むようにして腰をかけた。

ゆっくり息を吐いて呼吸を整えても、気分は一向に良くならない。頭も痛くなってきたし、これはもう本格的にダメかもしれない。そう考えて、明日香はスマホを取り出した。

『ごめん。駅まで来たんだけど、ちょっと体調が悪くなったから今日はキャンセルでもいい？』

それだけ送ってから目を閉じる。先ほどは冷たいと思っていた空気が、むしろひんやりとして心地よくも感じられてきた。何度かスマホが鳴るのも放置してゆっくり呼吸を整えていくと、今度は次第に楽になってくる。

スマホを改めて確認すると婚約者から心配する返信が届いていた。こちらの駅に来てくれようとしているので、そこはちゃんと断ろう。

『急で本当にごめん。心配してくれてありがとう。家まで近いし一人で帰れるから、大丈夫。少し休んでからまた連絡するね』

返信してからゆっくり立ち上がってみる。これなら歩けそうだと、明日香は気を付けながら歩き始めた。

駅から家までは十分もかからないし平坦《へいたん》な道だ。ひんやりとした風を頬に受けながら歩き進めてしばらくして、細い路地に差し掛かった。

これまで一度も気にも留めたことのない路地なのに、なぜか視界に入って足を止める。どうやら少し入ったところに立て看板が置かれていて、それが日差しによってキラッと光ったようだ。

なんで看板が光るのだろうと考えていると、いつの間にか明日香は目の前まで足を運んでいた。

『過去を知りたい貴女《あなた》に、お預かり物がございます』

看板には少し丸みのある丁寧な字でそう書かれていて、自分のことではないとわかっていてもドキリとする。無意識に何度か読み返してから、明日香はそのまま店の扉を開けていた。

チリンッとドアベルが鳴って、思わずハッとする。ここがどんなお店なのかも確認せずに足を踏み入れてしまったことに焦りつつ、店内を見回して驚いた。

アンティーク調に揃《そろ》えられた内装と什器《じゅうき》は統一感があって、とても素敵だ。床はウォールナット材なのか艶のある焦げ茶色、壁紙は落ち着いた水色で、天井から垂れ下がるシャンデリアがよく映えている。

だけど、ショーケースの中に飾られているのは、色とりどりに輝く宝石たちだった。大きさもカットの仕方も様々で、一つ一つについ目が奪われそうになる。

指輪を探しに行く約束をキャンセルしているのに、うっかり宝石店に入ってしまったことに罪悪感を覚えてしまう。

「いらっしゃいませ。ようこそJEWELRY《ジュエリー》 LEO《レオ》へ」

響いてきたのは透き通った少年の高い声だった。この落ち着いた素敵な空間とは少し合わない気がしたが、耳に心地よく残る声だ。

どこから声がしたのか改めて店内を見て、また驚いた。

一番奥のショーケースの向こう側に大きなネコがいる。

灰色がかった毛に黒い斑点模様のある額の上に、三角の耳がちょこんとのっているのがとにかく愛らしい。まるで宝石のように輝いている碧《あお》い瞳は大きく、全体的に顔に丸みがあることからまだ子ども——何度か動物園で見たことのあるユキヒョウの子どもだ。

「なにかお探しですか？」

黒いベストを着て赤い蝶《ちょう》ネクタイを締めているので、大きなぬいぐるみなのだろうかと考えていた明日香の前で、彼が喋《しゃべ》った。口元のヒゲを上下に揺らし少し尖《とが》った牙を見せながら、明日香に向かって話しかけていた。

ユキヒョウが話したなんて信じられないが、そうだったとしか思えない。

「すみません、ふらっと立ち寄ってしまって……」

意を決して明日香が話しかけてみると、ユキヒョウがふわりと笑った。

「そういうお客様も大歓迎です。見ているだけで楽しめると思うので、どうぞごゆっくりご覧ください」

白昼夢を見ているのかもしれないけれど、ユキヒョウが喋っているのはもう間違いない。

もしかして具合が悪いせいで変な幻覚を見ているのかもしれない、と考えたところでお腹《なか》が大きな音を立てて鳴った。

それはもう部屋全体に鳴り響いたのではないかと思われるほど、大きな音だった。

目の前のユキヒョウの耳がピンッと立ち、彼の目が見開かれた。

「ご、ごめんなさい……朝食べてなくて……」

恥ずかしくなってつい言い訳をする明日香に、ユキヒョウはにこりとしてから頷く。

「なるほど！　それじゃあ、一緒に食べようよ。ちょうど用意するところだったんだ」

「え？」

「さあ、こっちこっち」

　突然彼の喋り方が変わったことも気になったが、それよりも柔らかい被毛の手が明日香の手を摑《つか》んでいる感覚がたまらない。まるでふわふわの毛布にでも包まれているかのように、気持ちがいい。

　手を引かれながら連れて行かれたのは店の奥だ。開かれたままの扉の奥に、小さな部屋があった。

　壁や床などの内装は宝石店と同じだが、こちらには丸テーブルと椅子の二脚が二セット置かれている。そして部屋の角にはカウンターキッチンがあり、まるで喫茶店のような雰囲気だ。

「どうぞ座って」

　指し示された椅子に座ると、カウンターキッチン内に誰かがいることに気がついた。

　一瞬人間かと思ったが違う。黒と白のコントラストが美しいペンギンだ。目の周りが白くて少し三白眼にも見えるペンギンが、片眼鏡をして黒い蝶ネクタイを締めている。

　目が合うと柔らかく目を細めたあとで彼が軽く会釈したので、明日香も返す。

「ちょっと待っててね。じいや、カフェラテふたり分お願い」

「かしこまりました」

ユキヒョウがペンギンの横へ行き、エプロンをサッと着けてから何か作業を始めた。手元はあまり見えないが、どうやら何か調理を始めているようだ。

隣のじいやと呼ばれたペンギンはペンギンで、何か作業をしている。

もしかしてユキヒョウはお坊ちゃまで、ペンギンは執事か何かなのだろうか。不思議な組み合わせだが、それぞれを見ているとユキヒョウ坊ちゃまとペンギン執事というのが妙にしっくりくる。

考えているうちコーヒーのいい匂いが漂い始めた。芳《こう》ばしくて、少しココアにも似たような甘さのある香りは、嗅いでいるとホッとしてくる。どうやらペンギンの方はコーヒーを淹《い》れているようだ。

今度はトーストの焼ける匂いが漂ってきて、再び明日香のお腹が鳴った。けれど幸いにしてユキヒョウとペンギンには聞こえていないようだ。

もしかして具合が悪かったのは空腹だったからだろうか、などと考えているうちにユキヒョウがお皿を左右の手にそれぞれ持ってやってくる。

「お待たせ！　ＢＬＴサンドウィッチだよ」

まるでカフェで頼んだかのように飾り付けられたお皿が、テーブルに二つ置かれた。トーストされたパンにベーコン、レタス、トマトが挟まれたサンドウィッチは、見るだけで本当においしそうだ。

サンドウィッチに刺されたピックはペンギンとヒョウが模《かたど》られていて、かわいい。

「さあ、食べて食べて」

ユキヒョウは明日香の対面に腰をかけると、もふもふした手でサンドウィッチを取って食べ始める。ヒゲを動かしながらもぐもぐ食べている姿はとてもかわいくて、ずっと眺めていたいと思ったが、気がついたら目の前の美味《おい》しそうなサンドウィッチに明日香の手が伸びていた。

「いただきます」

まだ少し温かいサンドウィッチを口に運ぶと、サクッと音が鳴った。

レタスのシャキシャキ感、トマトの心地よい酸っぱさが口の中で広がって、そこへ肉厚のベーコンの旨味《うまみ》と塩気が重なりあっていく。しっかりした味があるのに、どこかさっぱりもしていて、本当においしい。

気がつくと明日香はどんどん食べ進め、一つ目を食べ終わっていた。

「すっごくおいしい！」

満足の息を吐いてから明日香が目を輝かせて言うと、ユキヒョウは嬉《うれ》しそうに耳をピンと立てた。

「よかった。ボクの得意料理の一つなんだ」

「やっぱりユキヒョウ君が作ってくれたんですか？　こんなにおいしいＢＬＴサンドは初めて！」

「え、そんなに？　嬉しいな」

いつの間にかユキヒョウが自分の太い尻尾を抱えている。これはもしかして照れているのだろうか。

「お待たせいたしました、カフェラテになります」

コーヒーの香りが強くなったと気づいた時には、お盆を器用に手にしたペンギンがすぐ横に来ていた。

あの翼でどのように摑んでいるのかわからないが、ペンギンは丁寧な動作で明日香の前にコーヒーカップを置く。

「か、かわいい……」

ラテアートで描かれているユキヒョウの可愛《かわい》さに、つい明日香の声が漏れた。

「恐れ入ります」

言いながら、ペンギンはどこか得意げにユキヒョウの前にもコーヒーカップを置く。そちらにはペンギンが描かれている。こちらもすごく可愛く描かれていて、スマホで写真を撮りたくなるくらいだ。

「ありがとう」

ユキヒョウは置かれたカップを優雅な仕草で手にして、口元に運んでいく。

「いただきます」

釣られるようにして明日香もカフェラテを飲んでみる。ふわふわのミルクの泡が柔らかく舌の上に乗った後、しっかりしたコーヒーの苦味と酸味がやってきた。少し苦味が強いのかな、と思ったところでミルクの優しい甘味が広がっていく。

最後にコーヒーの芳ばしくもどこかカカオのような香りが鼻から抜けて、舌には程よい苦味だけが残った。濃厚で、朝の一杯にはもってこいだ。

「おいしい……」

一口飲んだ明日香の口から、無意識のうちに言葉が出てきた。

「お口にあったようで、何よりです」

ペンギンが嬉しそうに目を細めて頭を下げる。ただ目をつむっているだけのようにも見えるのに、なぜか嬉しそうに見えた。

「うん。じいやの淹れるコーヒーは、ブラックでもカフェラテでもカプチーノでも美味しいんだよ」

「うんうん、そうだと思います！」

ユキヒョウがどこか誇らしげに言うが、このカフェラテを飲んだらそうだとしか思えない。それくらい、これまで飲んだどのカフェラテよりも美味しかった。

「よかった。だいぶ顔色が良くなったね」

もう一片のサンドウィッチを食べようとしている明日香を見て、ユキヒョウは嬉しそうに微笑《ほほえ》んだ。

食べ始めてからすっかり忘れていたが、眩暈《めまい》も頭痛も跡形もなく消えている。

「そういえば……さっきまで具合悪かったのが嘘《うそ》みたい……」

「美味しい物を食べたり飲んだり、綺麗《きれい》なものを見たりするのって、魔法のようなものだってボクは思うんだ」

驚く明日香にユキヒョウはしみじみと言う。

「確かに……」

「さあ、残りを食べよう」

美味しいサンドウィッチとカフェラテをいただいているうちに、具合が悪いことなんて思い出しもしなかった。魔法のようと言われたらその通りだと思ってしまうほどに。

　ユキヒョウが再び食べ始めたので、明日香もう一つを食べていく。相変わらず瑞々《みずみず》しさと塩気が程よくて、このままいくらでも食べられそうな気になってくる。

先に食べ終わったユキヒョウが離席したので、一人でのんびりカフェラテを飲めば、お腹と心はより一層満たされた。

一息ついたところで、ユキヒョウが戻ってくる。もふもふした手によって運ばれてきた黒いケースが、テーブルの上に優しく置かれた。

「ここはね、悩みのあるお客様だけが辿《たど》り着ける宝石店なんだ」

「え？」

悩みのあるお客様という言葉にドキリとしながら、明日香は思わず訊《き》き返す。するとユキヒョウは明日香の不安を払拭するように、人懐こい笑みを浮かべて続けた。

「大丈夫、何かを売りつけようなんて思っていないから。ただ、お客様がちょっと美味しい物を食べたり飲んだりして、それから綺麗な物を見て、少し自分と向き合えるように後押しするのがボクの仕事なんだ」

「自分と向き合えるように……」

ここに足を踏み入れた時点で、ユキヒョウは明日香が何かの悩みを抱えていると知っていたのだろう。だけど無理に聞き出すわけでもなく、こうしてサンドウィッチとカフェラテを用意してくれた。仕事と言っているけれど彼とペンギンの目はとても優しく、ただの流れ作業やお金目的ではないことはよくわかる。

「秘密はもちろん厳守するし、ユキヒョウとアデリーペンギンしかいないここでなら、明日香さんも少し話せるんじゃないかな」

確かに友人にも話しづらいようなことでも、ユキヒョウとペンギンになら話せるような気がする。初めて会った相手でも、動物だからだろうか。

だけど、口にしていいものかどうか。

悩んでいる明日香の鼻先を、再びコーヒーの香りがくすぐった。

「お代わりをお持ちいたしました。ティラミスラテになります」

「あ、ありがとうございます」

ペンギンがコーヒーカップを置くと、クリームの上にココアパウダーが散らされていて見た目からしてティラミスにしか見えない。

「カフェラテの上に、マスカルポーネチーズを混ぜたホイップクリームを載せて、ココアパウダーをかけたものになります。坊ちゃまもどうぞ」

「ありがとう、じいや。ボクこれすごく好き！」

ユキヒョウが耳をピンッと立て弾んだ声で言うと、早速飲み始める。

途端に、彼の目が幸せそうに細められ、耳はペタリと後ろに伏せられた。言葉に出さなくても、美味しいのだと伝わってきて、明日香も期待に胸を膨らませながらカップを持ち上げた。

するとコーヒーの香りとチョコレートの香り、それから他にも甘い香りが溶け合うようにして鼻腔《びこう》に入ってくる。味わう前からもう美味しいことが伝わってきて、明日香の胸は期待で膨らんでいく。

口に入れると、マスカルポーネチーズのまろやかさとホイップクリームの甘さが、じんわり舌の上で広がった。その上をコーヒーの苦味が覆っていき、全体で優しい味を作り出していく。

名前の通りこれはまさにティラミス、デザートだ。

お腹《なか》も心も完璧に満たされて、明日香はまた一つ息を吐いた。

ユキヒョウとペンギンはそんな明日香を優しく見つめている。恐らく、こちらから切り出すのを待ってくれているのだろう。

落ち着いた今なら、心の内を話せるような気がした。

もう一度ゆっくり静かに息を吐いてから、明日香は口を開く。

「聞いてもらっても、いいですか？」

その言葉にユキヒョウとペンギンが黙ったまま頷《うなず》いた。それがとても心地よくて、明日香の口が自然と動き出す。

「私、もうすぐ結婚するんです。二年前に仕事関係で出会った人で、恋愛に臆病になっていた私を温かく包みこんでくれるような、とても優しくて穏やかな人です。この人とならこの先ずっと楽しく一緒に過ごしていける自信もあるし、結婚はもう本当に楽しみで……だけど……」

そこまで話してから、明日香は俯《うつむ》いた。

話した言葉に何一つ偽りはないし、婚約者のことは本当に大切に想《おも》っている。元彼にいまだに未練があるわけでもない。

膝の上の手でスカートをギュッと摑《つか》む。

「実は先日、以前付き合っていた方が亡くなったと聞いて、それから色々考えてしまったんです」

ユキヒョウとペンギンが真直ぐ明日香を見つめたまま、黙って頷いている。急《せ》かすわけでもなく、ただ次の言葉を待ってくれているのだと伝わってきた。

ここからはまだ誰にも話していない推測と気持ちで、口にするのは緊張する。それでも今ここで口にしなければ、ずっと心に何かが残ったままになる気がした。

「その方とは大学のサークルで知り合ったんです。すごく気が合って、価値観も似ていて、趣味も全く同じではないけれど似たところがあって、彼といると楽しいし、学ばせてもらうこともあって、その先もずっと一緒にいることを意識していました。でも卒業してしばらくしたある日、突然『お前に飽きたし、他に好きな人ができた。もう付き合ってるからさっさと別れて』とメッセージがきたんです」

今でも受け取ったメールを暗唱できるくらい、衝撃的だった。前日まで何も問題なく、浮気を疑うこともなく過ごしていたので、信じられない気持ちの方が強かったのだ。

「突然過ぎたから、もちろん話し合いをしたくて連絡を取ろうとしました。でもブロックされているうちにスマホも解約されていて、結局直接話すことのできないまま、別れを受け入れるしかありませんでした」

今にして思えば、サークル仲間と連絡を取ればよかったのかもしれない。ただあの頃はもしかして元彼の相手がサークル内にいたらと考えてしまって、怖かったのだ。

「それじゃあ、結局今まで連絡はつかなかったんだ」

ユキヒョウの言葉に明日香は小さく頷いた。

「ずっと引きずっていたけれど、今の彼に出会って私の心が動き出したんです。このまま幸せになるんだって思っていたのに……その方が病気で亡くなったと、病気だから私が捨てたんだと、サークルが一緒だった人に先日言われて……」

「なるほど。実際とはずいぶん違うから、気になっちゃうね」

「そうなんです。私はサークルを在学中に抜けたのもあって、その人と別れてからは顔を出していないし、サークル仲間の近況を知らないまま過ごしてきたので、本当に驚きました。それで、考えたんです。どっちが本当なんだろうって」

明日香はそこで一度口を閉じる。心臓がバクバクと大きく波打つように感じられ、落ち着くために一度大きく息を吐いた。

「もちろん私にとっての真実は、浮気をした不誠実な元彼からメッセージだけで別れを告げられたってことです。でも、もし本当にあの人が亡くなっているのだとしたら、何か別の真実があるのかもしれないって思って……」

「でも、真実を知るのが怖い？」

優しくユキヒョウから尋ねられた言葉に、明日香は無言で深く頷いてから気がついた。自分はずっと怖かったのだ。真実を知りたいと思う反面、矢島の言っていることが正しかったらどうしようと不安だった。

「はい、怖いです。だけど……」

だけど――この後に続く言葉が言えずに明日香は俯いた。

口にしていいのか、わからない。もし真実が自分の信じていたことと違ったら、どうしたらいいのだろう。

「ねえ、明日香さん。これ見て」

ユキヒョウが先ほど持ってきた黒い箱の蓋を開けた。

黒いベルベットの布の上にあったのは青みのある紫、菫色《すみれいろ》をした宝石だ。キラキラと輝いている宝石はどこかユキヒョウの瞳にも似ていて、吸い込まれそうになる。光が当たっている面が少し黄色っぽく見えるのが不思議で、ついつい見入ってしまう。

「すごく、綺麗ですね」

「うん、アイオライトっていう宝石なんだ。サファイアに色が似ていて、川で見つかるからウォーターサファイアとも呼ばれるんだよ。でもね」

言いながら、ユキヒョウは箱をクルッと少し回転させた。

「あ、色が……」

いつの間にか菫色だったアイオライトが、灰色がかった黄色に変わっていた。更にユキヒョウが箱を回すと、今度は淡い青色に変わっていく。

初めに見た時に菫色以外に黄色が見えたと思ったのは、勘違いではなかった。

「うん。アイオライトは結晶の方向によって光の吸収が変わって、光の当たる角度を変えると色が変わるんだ」

「不思議……」

ユキヒョウがゆっくり回し続けてくれているおかげで、菫色、淡い青色、黄色と、色の変化を楽しめる。その厚意に甘えて明日香はジッと見つめた。回すと色が変わっていく様は綺麗《きれい》で、不思議で、これが天然の石だとは思えないほどだ。

しばらくして箱をテーブルの上に置いたユキヒョウは、我に返った明日香に向かって柔らかく目を細めた。

「アイオライトはね、その昔バイキングたちが日光に向けて回すと色が変わる特性を利用して、航海に行く時に薄くスライスしたアイオライトを持っていくと、曇りの日でも太陽の位置がわかったんだって。そういう謂《いわ》れがあるからか、目標に向かって正しい方向へ導いてくれるって言われているんだよ」

「正しい方向……」

なんだか言葉が心にずしりと重く響く。けれど目の前のユキヒョウの表情はとても穏やかで、明日香に負荷をかけるつもりがないのはわかる。

そんな彼のアイオライトよりもずっと深く碧《あお》い瞳が、明日香をジッと見つめた。

「今の明日香さんにとって正しい方向は、きっともう見えているでしょ？」

「え……」

戸惑う明日香にユキヒョウは先を続けた。

「真実がわかったら、また来てくれる？」

「真実……でも……」

ユキヒョウが目を輝かせながら戸惑う明日香の手を握った。冷たくなっていた指先が、ふわりとした温かい感触に包み込まれていく。

「渡したいものがあるんだ」

「渡したいもの？」

聞き返す明日香に、彼は優しく目を細めながら頷く。

「明日香さん宛の贈り物を預かっているんだよ」

「え？」

初めて、それもたまたま訪れた宝石店で、自分宛の贈り物があるとはいったいどういうことなのだろう。だけど手を握る目の前のユキヒョウを見ていると、嘘《うそ》をついているようには思えない。

「もう、行くべきところはわかっているでしょ？　貴女《あなた》なら大丈夫だよ」

まるで全てを見通しているようなその瞳と優しいのに力強いその声に、明日香は気がつくと頷いていた。


翌日、明日香は十五年以上ぶりとなる駅に降り立っていた。

元彼はもともと地元から大学に通っていて、何度か母親への挨拶も兼ねて遊びに行ったことがある。そこまで回数はないものの、改札を出ればすぐにどちらへ向かえばいいかわかる程度には覚えていた。

ほぼ無意識で歩き進めて、あと少しというところで明日香は足を止める。

事実もわからないのに、突然元彼の実家に押しかけて良いものだろうか。

どんな真実であってもただの迷惑にしかならないのではないだろうか。

一度考え出すと止まらなくなり、足が動かない。心はすっかり怖気《おじけ》づいて、踏み出す理由が見つからなくなる。

自分はいったいここに何をしに来たのだろう――そう考えた時、視界の少し先でキラリと何かが光った。それはまるで道標のように、明日香の向かう方向で輝いている。

『正しい方向へ導いてくれるって言われているんだよ』

ふと、ユキヒョウの澄んだ声が耳元で聞こえたような気がした。

途端に体から重りが外れていくようだ。

視界の先の光は、まだ太陽の光に照らされてキラキラと瞬くように光っていた。

自分にとっての正しい方向はわからないが、それでも前に進むべきなのだ。せっかくユキヒョウが背中を押してくれたのに、それを無駄にしたくない。

一歩足を踏み出してみると足元から地面の感触が伝わってくる。いつもの感触が、なぜだか優しく感じられた。大丈夫だと、そう思える。

キラッと光るその方向へ足を踏み進めていけば、気がつくと元彼の実家の目の前まで来ていた。白い壁の二階建ての戸建ては、あの頃とあまり変わっていない。

『菅田』の表札を見て、心臓が激しく鼓動する。逃げ出したい気持ちもあるけれど、明日香は一度深呼吸をしてインターフォンを押した。

『はい』

「突然すみません。私、武内明日香と申しまして……」

『明日香ちゃん？　すぐ行きます』

名乗るとインターフォンの向こう側の声は少し慌てた声で言い、中から足音が聞こえてくる。

それからすぐに出てきた女性は、間違いなく元彼の母親だった。最後に見た時よりも年を取っているが、元彼とよく似た優しい目元などは変わっていない。

「お久しぶりです」

「いらっしゃい、明日香ちゃん。どうぞ上がって」

「お邪魔します」

頭を下げる明日香に、穏やかに微笑《ほほえ》みながら彼女は招き入れてくれる。緊張しながら通されたのは馴染《なじ》みのある居間だった。ダイニングテーブルも、カーテンも、ソファも、変わっていない。

だけど、一角だけあの頃とは違う場所があることに、すぐに気づいた。

「……千隼」

その棚の上の写真を見つけて、明日香の口から思わず声が零《こぼ》れる。背景が単色に変えられた写真の中で穏やかに笑っている男性は、最後に会った時と変わらない菅田千隼だ。

確認しなくたって、これが遺影であることはわかった。

「それ、明日香ちゃんが撮ってくれた写真なの」

呆然《ぼうぜん》と立ちすくむ明日香の後ろから、千隼の母親が懐かしむような口調で話しかけてくる。

「遺影を選ぶ時やっぱりそれが一番いい顔で、一番あの子らしかったから」

穏やかな声を聴きながら明日香の目からは涙が零れ落ち、唇は震えていた。

「……いつ……だったんですか」

掠《かす》れた声で尋ねて、明日香はゆっくり振り返った。千隼の母親は寂しそうに、だけど穏やかに微笑んでいて、それが余計に胸を締め付けてくる。

「明日香ちゃんとお別れしてから二年後かしらね。病気でね、余命宣告されたの。でも、不思議と覚悟はできていたみたいで、すぐに明日香ちゃんと別れたって教えられたわ」

「なんで……だって……」

言葉が上手《うま》くまとまらない。

教えてくれれば、一緒にいられた。

どんな病気だって支えたいと思えるくらい、千隼のことは好きだった。違う、好きなんて言葉では足りないくらい、愛していた。最期の時までずっと一緒にいたいと、あの頃の明日香は絶対に考えたはずだ。

別れるなんて、絶対に考えなかった。

「明日香ちゃんに、そういう顔をさせたくなかったからよ」

留《とど》まることを知らない涙を、千隼の母親が優しくタオルで拭ってくれる。

「でも……私は……」

頭で色々な気持ちが巡るのに、唇が震えて上手く声にならない。そんな明日香の手を、千隼の母親は微笑みながら両手で優しく握ってきた。彼女の瞳は、今にも零れ落ちそうな涙で潤んでいる。

「本当は私もね、初めのうちは明日香ちゃんが一緒にいてくれたらって思っていたの。だから千隼にどうしてって何度も訊《き》いたの。そうしたら千隼は笑いながら『それじゃ明日香は幸せになれない。俺が死んだあとでも明日香が幸せに生きて欲しい』って言うのよ」

どこまでも千隼だな、と思った。

付き合っている時も、たまに思い出したように自分が先に死んでも明日香には別の人と幸せになって欲しいと言っていた。そんなこと考えたくないと答えると、いつもどこか寂しそうに笑っていた。

ああやって最後にメッセージだけで嘘を吐いて無理やり別れたのも、明日香に気づかれないためだったのだろう。会って言えば千隼が嘘を言っているとすぐにわかったはずだ――彼は嘘がすごく下手だったから。

今なら、千隼の考えが手に取るようにわかる。

だけど明日香は教えて欲しかった。あんな別れ方じゃなく、最期の時まで傍《そば》にいて支えになりたかった。

「私は千隼とその先しか考えていなかった。でも、あの子が見ていたのは、違うの。貴女や私たち家族が、それぞれこの先を幸せに生きていけることを、望んでいたのよ。本当、変わった子だったわ」

一筋の涙を零す千隼の母親の目は、どこか誇らしげだ。その心の内を完全に理解することはできないけれど、ここまでの年月で彼女なりに息子の選択を受け入れることができたのだろう。

きっと千隼のことだ、家族の気持ちが少しでも軽くなるようにあらゆる手を尽くしていたに違いない。

「ありがとうね、明日香ちゃん。あの子をずっと大切にしてくれて。だからあの子、最期も笑っていたの」

「私は……何も……」

首を振るしかできない明日香の手を千隼の母親は力強く、だけど優しく握りしめる。

「あの子のために涙を流してくれて、悲しんでくれてありがとう。でもね、どうか幸せになって欲しいの。そりゃ親としては千隼を頭の片隅に覚えていてくれたら嬉《うれ》しいけれど、それが貴女の幸せの邪魔になるなら、忘れたって構わないから。それが、あの子が最期まで心配していた一番の願いなのよ」

お線香をあげてから、明日香は気がつけば道を歩いていた。

千隼の母親と何を話したのかは、あまり覚えていない。ただ千隼が病気で亡くなったことと彼の願いだけは、明日香の心の中にずっしりと重く入り込んできた。

知りたいと思っていた真実を知って、心の整理がつかない。前へ進むための行動だったはずなのに、これでは前にも後ろにも、どこにも行けない。

気持ちも体も重くて、だけど立ち止まりたくもなくて、明日香は歩いていた。

止まってしまえばもう歩けなくなりそうで怖い。だから足をとにかく動かす。

「ここは……」

そうしてふと視線を上げると、『JEWELRY　LEO』という看板が目に入った。

無意識で足が向いていたのがここで、明日香は安堵《あんど》の息を吐く。人に会ったり話したりするのは嫌だけど、ユキヒョウとペンギンには会いたいと思えるから不思議だ。

もう一度息を吐いてから扉を開くと、冷え切った頰を温かい風が撫《な》でていく。

「お待ちしていました、明日香さん」

店の奥から響いてくる柔らかい声に心と体が少しだけ軽くなった。

ユキヒョウが足音もなく、飛ぶように明日香のところまでやってくる。長い尻尾がバランスを取るためか、まるで別の生き物のように上下に揺れていた。その動きは見ているだけでなんだか癒《いや》される。

「さあ、奥へどうぞ」

促されるがまま、明日香はユキヒョウの後について奥の部屋へ向かった。

「明日香さん、いらっしゃいませ」

「こんにちは」

カウンターキッチンの先でペンギンが丁寧にお辞儀をしてくれる。それだけでも歓迎されていることが伝わってきて、嬉しくなった。

「昨日と同じ席に座ってて」

ユキヒョウに言われた通り、明日香は頷《うなず》いてから昨日と同じ席に腰をかけた。

「どうぞ、カフェオレでございます」

テーブルにマグカップが置かれて息を吸うと、コーヒーの芳《こう》ばしさが鼻腔《びこう》に広がっていく。心が安らいでいく香りに、明日香は小さく息を吐いた。

「ありがとうございます。いただきます」

礼を言ってからマグカップを口に運ぶ。

コーヒーのしっかりした苦味がミルクの甘味と調和して、程よい味へと変化していく。

鼻腔の中には芳ばしさと、少しカカオのようなビターな香りも広がって、心地がいい。

「美味《おい》しいです……今回のカフェオレも、本当に最高です」

「恐れ入ります」

半ば無意識に声に出すと、ペンギンが嬉しそうに目を細めてから軽く蝶《ちょう》ネクタイを整える。もしかして少し照れているのかもしれない。

「お待たせ」

どこかへ行っていたユキヒョウが、ご機嫌そうにスキップで明日香の元へやってくる。そのもふもふした手には、小さな箱が握られていた。

「明日香さん、準備はいい？」

「え？」

意図するところがわからず明日香が首を傾《かし》げると、ユキヒョウは口角を上げた。

「もう、行くべき場所へ行ってきたよね？」

「それって……元彼の実家のことですか？」

困惑しながらも恐る恐る尋ねると、彼は深く頷いた。

「うん。色んな気持ちがあって、まだ戸惑いもあると思う。だけど、明日香さんなら大丈夫だから」

そう言ってユキヒョウは優しく目を細めた。

「でも……何もわかっていなかった私は、これからどうしたらいいか本当にわからなくて」

なんの準備かもわからない。

自分のこれからもわからない。

不安ばかりで声を震わせる明日香に、柔らかくユキヒョウは微笑みかけてくる。

「そうだよね。今日真実を知ったばかりの貴女《あなた》がそう思ってしまうのは、自然なことだと思うよ。でも、ボクを信じてみて」

明日香の行動も心の内も見通すようなその美しい瞳を見ていると、次第に大丈夫な気がしてくるのはなぜだろう。

「さあ受け取って、明日香さん。貴女に宝石の願いが届きますように」

そうして差し出された小さな箱に思わず手を伸ばした途端、明日香の視界は真っ白に染まっていた。

視界が晴れた時、そこがどこだか一瞬わからなかった。

だけど目の前にいる人物が誰かは、すぐにわかった。

「色々、驚かせたよね。ごめん」

明日香の記憶の中とさほど変わらない菅田千隼が、目の前で穏やかに笑っていた。

「ち……はや……」

夢を見ているのだろうか。

そういえば今座っているのは、大学生時代に千隼とよく行った喫茶店のボックス席だ。卒業して少ししてから店主の都合で閉店してしまい、今はもう新しいビルが建っている。

だからきっと夢なのだ。

「明日香が元気そうでよかった」

コーヒーを飲みながら千隼が薄く笑う。どこか生気を感じられない彼の頬は、明日香が知っていた頃よりも少しこけていた。

「……千隼は……？」

「俺は、もうそこにはいないでしょ？」

意を決して尋ねてみると、千隼は達観したような顔で笑った。

「今、明日香と話しているのは俺の魂の一部らしいよ。ユキヒョウ君が特別にこの時間を作ってくれたんだ」

「ユキヒョウ……じゃあ、千隼もあの宝石店に行ったんだ」

「ちょっと縁があって、結構昔からね。でもそのおかげで、こうして明日香と話せる」

穏やかな口調は昔のままで、色々な想《おも》いが溢《あふ》れてきて明日香の目尻には涙がにじんでくる。訊きたいことも、言いたいことも、たくさんあったはずなのに、どうしても言葉が出てこない。

「ユキヒョウ君と何度も会っていたおかげで、余命宣告を受けた時にすんなり受け入れられたんだ。ユキヒョウ君は何も教えてくれなかったけど、一日一日を大切にってよく言われたから、そういうことかって腑《ふ》に落ちたんだよね」

かき混ぜているコーヒーカップに目を落としながら、千隼は続けた。

「でも、家族や明日香はそうじゃない。きっとすごく傷つけることになる。色々考えて、家族には黙って死ぬことはできないけど、明日香なら知らないままでいてもらえるって考えついたんだ」

言ってから、彼は明日香の目を真直《まっす》ぐ見据える。

優しい彼の意志の強さを向けられているみたいで、一瞬心が納得しかけてしまった。だけどこれが特別な時間なのであれば、今回きりでもう二度と会えないかもしれない。今きちんと話すべきだと、明日香は口を開いた。

「私は……傷ついたとしても、教えて欲しかったよ……」

明日香に告げなかったのは彼の優しさだ。それを否定するようで心苦しい気持ちはあるが、それでもどうしてもこの気持ちは伝えておきたい。

「千隼を支えて、最期の時まで一緒にいたかった」

目尻から涙が一筋、流れ落ちていく。

責めたいわけではない。だけどどちらかを選べたのだとしたら、明日香は間違いなく一緒に過ごすことを選んでいた。

「うん。明日香ならそう言ってくれただろうって、わかってたよ」

千隼が少し困ったように、だけども柔らかく微笑《ほほえ》んだ。

「明日香は優しくて愛情深いからずっと俺を傍《そば》で支えて、看取《みと》ったらきっと変に義理立てて自分の幸せとか考えないで、俺の家族と一緒にずっと俺を偲《しの》んで過ごしていたと思う」

きっとそうだっただろうと自分でも思う。

それくらいあの頃は千隼のことを深く想っていた。

「だからこそ、嘘《うそ》を吐いたんだ」

千隼の眼差《まなざ》しは真直ぐで、揺らがなくて、そして優しい。

だからこそ明日香は余計に苦しくなった。こんなに優しい人を自分は看取ることができなかった。矢島が怒るのも当然ではないか。

「もしそうなっていたとしても、それは私の選択だったんだよ」

「そうだと思う。明日香なら俺のことを恨んだりせず、自分の選択だと思って受け入れていただろうね」

「なら……っ」

立ち上がりそうになる明日香に笑いかける千隼の眉毛《まゆげ》は、申し訳なさそうに下がっていた。

「だから、全部俺のワガママ。明日香には俺を想い続けたりせずに、新しい幸せを見つけてもらいたいって言う、俺のワガママなんだ」

「なんで……」

「俺では幸せにできないから、誰かに任せるしかないって思ったんだ。あとは弱っていくかっこ悪い自分を見せたくなかったのもあったかな。明日香の中では変わらない俺でいたかったっていう、ちょっとした見栄《みえ》もあった」

斜め上を見てどこか照れ臭そうな千隼の顔を見ていると、なんだか気が抜けてくる。ジッと見つめているうちに目が合って、彼は嬉《うれ》しそうに、やっぱり照れ臭そうに破顔する。

自分が好きだったのは、愛していたのは、こういう千隼だ。

悲しくて苦しいのに、千隼はずっと千隼だったことがわかって、嬉しさも明日香の中に生まれてくる。

「……一緒にいた時にワガママなんて一つも言わなかったのに」

「うん。だから最初で最後のワガママ、きいてよ」

思わず口から出た言葉に、千隼はどこかいたずらっ子のように笑った。

敵《かな》わないな、と思う。

付き合い出す前からずっと、千隼に話し合いで勝てたことなんてなかった――いつもこうやって、うまく明日香を説きふせてしまうから。

悔しいから明日香は精いっぱいに笑顔を作ってみせた。

「こんな状況で、嫌だとか言える？」

「明日香なら言わないって、信じてる」

「本当、ズルいね」

笑顔を作っていたはずなのに、涙が零《こぼ》れ落ちる。

「ズルくていいから幸せになってよ。明日香が本当に俺を忘れて、自分の幸せを考えられるようになったころに会わせてもらえるよう、ユキヒョウ君に頼んでいたんだから」

あのころなら、明日香が泣いたら優しく涙を拭ってくれた。今それをしないのは、もう千隼は自分の立場に線を引いているからだ。こんな夢、幻みたいな場所でも、千隼は明日香に触れる気もないのだろう。

本当に、どこまでも千隼は千隼だ。

「……私が幸せになって、後悔しても知らないから」

「俺が後悔するくらい、幸せになってみせてね」

「そしたら私がそっちに行っても、千隼になんて見向きもしないよ」

「それでいいよ」

「……でも、忘れてあげないから」

明日香の言葉に、初めて千隼が驚いたように大きく目を見開いた。

「明日香、それは……」

「忘れてあげないよ。あの頃の自分の気持ちを否定したくない。これは私から千隼への、最後のワガママ」

戸惑う千隼に、今度は明日香がいたずらっ子みたいに笑いかけた。

ジッと二人で視線をしばらく合わせて、そしてどちらからともなく笑う。

「そんなんで、愛想つかされないようにな」

「大丈夫だよ。ちゃんと彼のことだって本当に想っているから」

「うん、そうだな。明日香は本当にいい相手を見つけたよ」

明日香の返答に、千隼が柔らかく微笑んでからもう一度口を開いた。

「もう一つ最期のワガママきいてくれる？」

「え？　これ以上のってある？」

あえて少し意地悪く聞くと、千隼が楽しそうに声を立てて笑った。それから明日香に真剣な眼差しを向けて、ユキヒョウが手にしていた物と同じ木箱を差し出してくる。

「俺からの贈り物、よかったら受け取って欲しいんだ」

お別れの時はすぐそこなのだ。

受け取ったら二度と彼には会えない。

そう思うとなかなか手を伸ばせなくなった。

「一緒に過ごしてくれてありがとう。俺は本当に、明日香に出会えて幸せだった」

震える手をどうしても伸ばせない明日香に、千隼は優しく声をかけた。

その瞳は涙で潤み、心なしか声も掠《かす》れている。

「これからも明日香は元気に、幸せに生きていって」

まだたくさん言いたいことはある。

だけどもう時間はないのだろう。

明日香も瞳にいっぱい涙を溜《た》めながら、少しずつ手を伸ばした。

「私こそ、ありがとう……千隼と出会えてよかった」

そうして伸ばした手に箱が載せられしっかり受け取った瞬間、明日香の世界は再び真っ白に染まった。


気がつくと、目の前にユキヒョウの顔があった。

ふわふわの毛、碧《あお》くて円《つぶ》らな瞳、丸い耳、斑点模様、ピンピンと伸びたヒゲ、どれを見てもかわいい。

「無事に、会えた？」

「はい……ありがとう、ユキヒョウ君」

問われて、明日香は胸に箱を抱きしめながら頷《うなず》いた。

「どういたしまして。明日香さんと千隼の力になれて、ボクも嬉しいよ」

そう言うユキヒョウの目は嬉しそうなのに、どこか寂しそうにも見えた。それだけで千隼とユキヒョウの関係が少しわかるような気がする。

「よかったら、箱を開けてみて」

「はい」

促されるまま、明日香は木箱を開けてみる。

中には青くて丸い一粒の宝石があった。

深い海の色をした宝石が、まるで水面が光に照らされたように煌《きら》めいている。濃色の青なのに、暗さは一切感じない。どこまでも澄んでいて石の奥まで覗《のぞ》き込めるほどの透明感は、海を閉じ込めたみたいに綺麗《きれい》だ。

「綺麗……」

よく見ると台座とチェーンが付いており、ネックレスになっていた。

「アクアマリンの中でも、サンタマリアアクアマリンという深い青色が特徴の宝石だよ。アクアマリンは幸せな結婚の象徴とも言われているし、夜の照明の中で美しく輝くことから新たな希望の光をもたらす、とも言われているんだ。どちらの意味でも明日香さんにぴったりだね」

「……本当に、最期の最期まで千隼らしいプレゼント」

ここまでか、というほど彼の気持ちが表れている。

それならその気持ちにどこまでも応えてみせようと思いながら、明日香はそっと蓋《ふた》を閉じた。

「ありがとう、ユキヒョウさん。貴方《あなた》がいてくれたから、私は自分の道標を見つけられました」

全てを受け入れた明日香は、力強い笑顔を作った。

「どう受け取られるかわからないけど、ちゃんと婚約者と話そうと思います。今までずっと過去の恋愛が辛《つら》かったとしか言っていなかったけど……千隼とのことも、私の一部だから」

千隼の浮気で別れたのであれば、話す必要もないと思っていた。だけど真実を知った今は、ちゃんと婚約者にも話しておきたい。

もしかして結婚が延期になったり、婚約自体がなくなったりするかもしれない。けれど千隼が『いい相手』と言ってくれた彼なら、きっと受け止めてくれるような気がするのだ。

「うん、大丈夫だよ。明日香さんが選んで、明日香さんを選んだ人だから」

ユキヒョウの言葉が心に優しく降ってくる。

千隼が愛してくれた自分が選んだ相手、そう考えれば自信が湧いてくる気がした。

三か月後、明日香は婚約者と一緒に宝石店を訪れていた。もちろん『JEWELRY LEO』ではなく、普通の、人間が経営している宝石店だ。

あれから何度行こうとしても『JEWELRY LEO』には行けなかった。多分、明日香の悩みごともなくなり、千隼からの贈り物も受け取ってしまったからだろう。

少し寂しい気持ちもあったが、あの時ユキヒョウの宝石店で明日香が救われたのは紛れもない事実だ。今も思い出すだけで、とても心が優しくなれる。

結婚指輪の受け取り予約をしてあったため、奥へ通された。

「ご確認をお願いいたします」

すぐに運ばれてきたのはアクセサリー用トレーに載った結婚指輪だ。プラチナ製の指輪は、二人がずっと身に着けていられるようにシンプルな物にした。

「それから、こちらが……」

店員がそう言ってから、婚約者へと視線を向けた。

なんだろうと不思議に思う明日香の前で立ち上がった婚約者は小さな箱を受け取り、笑顔で会釈をしてからこちらへ向き直る。

そしておもむろに片膝を床に付いた。

「明日香は婚約指輪なんていらないって言ったけど、どうしても用意したかったんだ」

照れたように笑ってから、婚約者は指輪用の四角い箱を静かに開けた。

「これって……」

そこにあったのは深い青色をした宝石が一粒載った、プラチナの指輪だった。台座に載った深く透き通る海のような青さは、最近とても馴染《なじ》みのある宝石だとすぐにわかる。

「そう、サンタマリアアクアマリン。明日香の大事なネックレスとほとんど同じ色にしたかったから、結構無理を言って探してもらったんだ」

ニコニコしながら婚約者が説明すると、一人の年配の店員が嬉《うれ》しそうに頷いている。彼らの表情を見るだけで、この宝石が本当に彼らに望まれてここへやってきたことが伝わってきた。

「どうして……」

婚約者の言う通り、深い濃色の青はまるで千隼からのネックレスと初めからセットだったのではないかと思うほどに同じ色をしている。

「俺は会ったことないけど、話を聞いて菅田さんの想《おも》いも大事にしながら明日香を幸せにしたいと思ったから」

言いながら、彼ははにかんだ。

思わず口に手を当てた明日香の目から、涙が零れ落ちてくる。

「改めて、俺と結婚してくれませんか？」

少し首を横に傾《かし》げ、婚約者が指輪の箱を再度明日香に向かって差し出してきた。

サンタマリアアクアマリンが、水面のようにキラキラと輝いている。それはまるで、これからの明日香の船出を祝福しているかのようだった。

五粒目　タンザナイトと共に

『JEWELRY《ジュエリー》　LEO《レオ》』と書かれた突き出し看板の下、木製の小窓付きドアが開きドアベルがチリンッと音を立てた。

「いらっしゃいませ」

先ほどのドアベルにも似た、透明感のある少年の声が、店内に響く。

青年は、その声に誘われるようにして店の奥へと足を進めていった。

優しい照明に照らされた店内に並んだショーケースには、色とりどりの宝石やアクセサリーが並んでおり、見ているだけで何時間も楽しめそうな気がする。

店の奥には一際大きいショーケースがあり、その向こう側にユキヒョウが立っていた。

まるでぬいぐるみのようにもふもふしているのは、彼がまだ子どもだからだ。おとなになると、もう少し毛も硬くなるらしい。

そんなユキヒョウが黒いベストを着て、赤い蝶《ちょう》ネクタイを締め、こちらに視線を向けた。

「あ、千隼《ちはや》。いらっしゃい」

青年と目が合ってユキヒョウがふわりと笑った。

碧く輝く瞳はまるで夜空を思わせるタンザナイトのようで、とても好きな色だ。

「ユキヒョウ君、こんにちは。本当に、いつ来ても君は変わらないんだね」

「君に会ったのは、ボクにとっては数週間前だもの。最初の、千隼が小学生の時に会ったのだって、数か月前みたいなもんだよ」

「そうなんだ」

ユキヒョウの説明に、菅田《すだ》千隼はなるほどと頷いた。

ここに初めて訪れたのは、小学校二年生の頃だった。

自転車の手放し運転に挑戦して派手に転んだ千隼が、自転車を引きながらしょんぼり歩いていた時のことだ。店の前を通りかかると、中にいたユキヒョウとたまたま目が合ったのが始まりだった。そこでユキヒョウとペンギンに手当をしてもらい、美味《おい》しいホットチョコレートとホットケーキを出してもらって以来、何度か訪れるようになった。

そのうちこの不思議な宝石店が、悩みを持つ人が訪れると知った時には驚いた。千隼は特に何も悩んでいなかったからだ。疑問に思った千隼にユキヒョウは微笑《ほほえ》みながら「君は特別なんだ。ボクと波長が合うのかも」と説明した。

だけどそれだけではないと、薄々気がついていた。年を重ねてから『JEWELRY

ＬＥＯ』を訪れていく度、ユキヒョウがどこか寂しそうな顔をするようになったからだ。

理由を聞いてはいけない気がしていたけど、余命宣告をされた時に全てが不思議と繋《つな》がった——特別の意味も、ユキヒョウの悲しい顔の意味も、そして自分が何度もここへ訪れることの意味も。

初めは確か、近所に住む女性だった。人間関係に悩んでいた彼女がここへ行こうか迷っていた時に、なんとなく行けばいいと答えたのを覚えている。それから前向きになって、すごく明るくなったらしい。二十年近く経《た》った今はどうしているかわからないが、母が耳にした噂《うわさ》によると結婚しても仕事をバリバリこなし、幸せに暮らしているのだそうだ。

「奥へどうぞ」

「ありがとう」

ユキヒョウに促されて、奥の商談スペースという名のカフェスペースへと向かう。

扉の先の部屋には見慣れた丸いテーブルに、椅子が二脚置かれている。

「おや。いらっしゃいませ、千隼さん」

片眼鏡をして蝶ネクタイとベストを着用したアデリーペンギンが、恭しく礼をしてくれる。きれいな動作は彼がペンギンであることをいつも忘れそうになる。

「こんにちは」

「本日は、ブラックでよろしいですか？」

「うん、お願いします」

「畏《かしこ》まりました」

　ユキヒョウは何かを取りに行ってしまったようなので、椅子に腰を下ろした。

　この椅子も、何度座ったかわからない。今日でもう座ることができなくなるのかと思うと、なんだか感慨深い。

「お待たせ」

　ユキヒョウが戻ってくるのとほぼ同時に、ペンギンがお盆に載せたカップを二つ運んできた。あのよちよち歩きで大丈夫なのかとこれまで何度も心配してきたが、彼が零《こぼ》したり落としたりしたことは一度たりともない。

「お待たせいたしました。千隼さんにはブラック、坊ちゃまにはカフェオレでございます」

　そう言ってコーヒーカップがテーブルに置かれると、芳《こう》ばしいコーヒーの香りが鼻の奥にまで届いてくる。

「いただきます」

　カップを口に運び楽しむことにする。口に入れた途端広がる、爽やかな酸味と程よい苦味、そして何より鼻から抜けていくナッツのような香りが、何度飲んでも本当にたまらない。

ブラックコーヒーを出してもらったのは、大学生時代の友人を導いた時だ。どこかずっと人とは線を引いて過ごしているようだった彼がやっぱりここへ来ようか悩んだ時も、何も知らずに約束したなら行けばいいと言った。それからの彼は積極的とは言えないものの、緩やかに周囲の人間と関係性を作っていくようになった。おかげで現在も彼とは仲良くしていて、本当のことを知っている、数少ない相手だ。

「千隼には、何人ものお客様を導いてもらったね。かなり助けられたよ、ありがとう」

カフェオレを少し飲んだユキヒョウが、ペコリと頭を下げる。

「全部意識してやっていないから、お礼を言われるようなことじゃないよ」

三人目は講師として就職した塾の生徒だ。家族との関係や周りが勝手に持つ印象に悩んでいた彼女を直接この店へ導いたわけではないが、塾で相談を受けた。それで千隼を介して『JEWELRY　LEO』と繋がりを得たのと、母親の強い気持ちに導かれた彼女は、ここを訪れることになった。

その際、亡くなった彼女の母親にもちゃんと会えたようだ。もちろん実際に会えたわけではなく、彼女に会ったのは母親の魂でしかない。亡くなっているからこそ、魂の一部と一瞬だけ時を共有できる、そういうことらしい。

けれど生前の母親の方にもそんな夢を見たかもしれない程度の記憶には残るのだと、ユキヒョウが話してくれた。それが千隼にとってもかなり救いだ。

三人についてはユキヒョウから後日聞かされて知ったくらいで、本当に何か特別なことをしたつもりはない。

「それより、色々とワガママをきいてくれてありがとう」

今度は千隼が頭を下げると、ユキヒョウが小さく首を横に振った。

「そんな……ボクにはこれくらいしかできなくて、ごめん……」

言いながら耳をペタッと伏せて、ヒゲにも力がなくなっていく。何度も聞かされてきた言葉だがこれまでにないほど悲しそうだ。

そうか、今日で最後だからか。

「でも、本当にこのアクアマリンに宿さなくていいの？」

ユキヒョウがアクセサリー用トレーを千隼に差し出してきた。黒いトレーの上で、深い青色をした濃色のアクアマリンが輝いている。

正直、そんな気持ちが全くなかったと言えば嘘《うそ》になる。可能な限り彼女の傍《そば》にいたい、そんなのは当然出てくる気持ちだった。

だけど、それじゃダメなのだ。

「死んだ元彼の魂が宿っている宝石なんて重すぎるし、なにより彼女の相手に失礼だよ」

彼女のためにも、自分のためにも、もう未来のない自分は身を引くべきだ。未練がましく傍に残りたいなんて考えたら、呪われた宝石になってしまうかもしれない。そんなものを彼女に持っていて欲しくはなかった。

千隼が苦笑いを浮かべると、ユキヒョウはまだどこか納得できないように俯《うつむ》いた。尻尾を咥《くわ》えながら「そうかなあ」と呟《つぶや》いている。

沈黙が訪れたけれど、嫌な空気ではない。ゆっくりコーヒーを愉《たの》しみながら、千隼はユキヒョウの反応を待った。

少ししてからようやく気持ちの整理がついたかのように、彼が耳をピンと立てて視線を上げる。

「うん……わかった。ボクは千隼の気持ちを尊重するよ。それじゃあ前に話した通り……」

言いながら、ユキヒョウはクリスタルガラスでできたペンギンの形をした置物をテーブルに優しく置いた。両手の上に載るほどの大きさで、どこかここのペンギン執事にも似た姿の置物の瞳には、まだ何もはめられていない。

「このペンギンの両目に、君の魂を宿した宝石をはめ込むよ」

「ありがとう。通わせてもらったのもあって、ここは俺にとって第二の実家みたいな場所だから」

「うん……ボクにとっても、君は特別だったよ。何度もここへ来られるお客様なんてほとんどいないからね」

ユキヒョウの碧《あお》い瞳が潤んでいく。それに釣られそうになって、千隼はあえて笑顔を作った。するとユキヒョウもその笑顔を見て、気を取り直したように別のトレーをテーブルに置いた。

「タンザナイトでいいんだよね？　このバイオレッシュブルーの」

トレーの上に置かれているのは、先ほどのアクアマリンよりももっと濃くて少し紫がかった青色の宝石二粒だ。表面に角度の違う多数の切子面《きりこめん》を持たせて光を屈折させているファセットカットで、より一層輝いて見える。

「うん、ありがとう。ユキヒョウ君の瞳によく似ていて、本当に綺麗《きれい》だ」

透き通って深い紫がかった青は、見比べてみてもユキヒョウの碧い瞳とよく似ていた。見ていると安心する、夜空のような深い青さだ。

確か以前、タンザナイトは五億年前の変成岩の中で見つかったとユキヒョウから聞いた。

見る角度によって紫が強く出たり青が強く出たりする、多色性がある宝石で、稀《まれ》に白熱灯の下で色味に変化が表れる物もあるらしい。

「ここへ通って、俺もすっかり宝石が好きになったよ。全く同じ鉱石なのに少し混じった含有物によって色が変わったり、多色性があったりっていうのも面白いけど、カットによっても全然違う宝石に見えるのも面白いと思う」

「わかってくれて嬉《うれ》しいよ！　本当に、宝石は魅力的だよね！」

千隼の言葉にユキヒョウが嬉しそうに耳をピンと立て、テーブルに身を乗り出した。

「うん……だからもう少しこの場所で宝石を眺めていようと思う」

ペンギンの置物にはめ込まれる宝石として、ここをもう少し眺めていたい。

「君の魂がここにいる間は、ボクが宝石について語ってあげるよ！　退屈なんてさせないから」

「その前に、坊ちゃまは掃除を覚えてください」

ニコリと笑うユキヒョウの背後から、ペンギンが冷めた表情で近づいてきた。

「千隼さんの魂が宿った宝石を、埃《ほこり》まみれの場所に置いていたくはないでしょう？」

「そ、それは……」

ユキヒョウの目が泳いだかと思うと、いつの間にか太い尻尾を抱え込んでいる。

「掃除は嫌いだけど……でも、確かに千隼を埃まみれにしたくない……でも、掃除……」

ひとしきり自分の中で葛藤した後で、ユキヒョウはジッと千隼を窺《うかが》うようにして見上げてきた。

「掃除も頑張るけど、宝石について話してもいい？」

その姿が愛らしくて、千隼は思わず頬を緩めた。

「もちろん、いくらでも話してよ」

自分が特別だというのなら、もう少しだけ彼と共にいたい――そう考えながら、千隼はいつの間にか瞳を閉じていた。

エピローグ　JEWELRY　LEO

ここはとある場所にある、とある宝石店『JEWELRY　LEO《ジュエリーレオ》』。

こぢんまりしたレンガ調の建物に、深い藍色で塗装された木製の扉が落ち着いた雰囲気を醸し出している。

小さなショーウィンドウにはいくつかのアクセサリーと、クリスタルガラスでできた動物の置物が並んでいた。中でもペンギンを模《かたど》った置物の瞳には碧い宝石がはめ込まれていて、まるで宝石店とここを訪れる人を見守っているかのように見える。

そのショーウィンドウを丁寧に掃除しているのは、一羽《わ》のペンギンだ。

白と黒のコントラストが美しいペンギンは、アデリーペンギンと呼ばれる種だ。黒いベストに黒い蝶《ちょう》ネクタイを締め、装着している片眼鏡がよく似合っている。

「坊ちゃま、そろそろ開店準備を進めた方がよろしいのでは？」

動物の置物を丁寧に拭きながら、ペンギンが背後に向かって声をかけた。

優しい照明に照らされた店内は古めかしいが、左右に並んだショーケースには色とりどりの宝石やアクセサリーが並んでおり、それぞれの個性と共に輝いている。

「うーん、もうちょっと。このパーティーカラートルマリンが本当に綺麗なんだ。鉄やマンガン、チタンやクロムが結晶成長時に微量に、それも複雑に入り交じって入り込んだことでこんな風に美しい三色を創り出したんだよ！　これって地球の神秘だよね！」

やや興奮したような少年の声が、店内に響く。

ペンギンが手を止めて、ゆっくりと振り返る。

店の奥には一際大きいショーケースがあり、その向こう側にユキヒョウが後脚だけで器用に立っていた。淡灰色の毛に黒っぽい斑紋のある被毛は綿毛みたいに柔らかく、彼がまだ幼獣であることを表していた。碧く輝く瞳は、まるで夜空を思わせるタンザナイトのように美しい。

「坊ちゃま」

静かだが迫力のある声に、ユキヒョウはビクリと肩を跳ね上がらせた。

「は、はい、掃除します」

尻尾を咥えながら掃除用具を手にして、店内をじっくり見回してみる。

様々な宝石たちは、贈り主が来るのを今か今かと待ちわびているかのようだ。今日もきっと悩みを抱えたお客が来て、そして贈り主と繋《つな》がりができるだろう。

祖父から受け継いだばかりのこの店で、これからもお客のためにできることをしていきたい。

考えていると自然にユキヒョウの背筋が伸びていく。

そうして大事な橋渡しを担うため、慌ただしく準備を始めていくのだった。

参考文献

・『起源がわかる　宝石大全』（諏訪恭一、門馬綱一、西本昌司、宮脇律郎、ナツメ社／2022年）
・『価値がわかる宝石図鑑　第2版』（諏訪恭一、ナツメ社／2024年）
・『知りたいことがすべてわかる　宝石・鉱物図鑑』（新星出版社編集部編、新星出版社／2023年）

富士見L文庫

ユキヒョウさんの宝石店《ほうせきてん》

ふわふわカフェラテと祝福《しゅくふく》のアクアマリン

横田《よこた》アサヒ

2024年12月15日　初版発行

発行者　山下直久
発　行　株式会社 KADOKAWA
〒102-8177　東京都千代田区富士見2-13-3
電話　0570-002-301（ナビダイヤル）

印刷所　株式会社暁印刷
製本所　本間製本株式会社
装丁者　西村弘美

定価はカバーに表示してあります。　◇◇◇

●お問い合わせ
https://www.kadokawa.co.jp/（「お問い合わせ」へお進みください）
※内容によっては、お答えできない場合があります。
※サポートは日本国内のみとさせていただきます。
※Japanese text only

ISBN 978-4-04-075676-9 C0193